Nero Wolfe contra el FBI

REX STOUT

NERO WOLFE CONTRA EL FBI

Traducción de F. Ballester

Reencuentros

NAVONA

Título original
The doorbell rang (1965)

Edición española
Primera edición: mayo de 2008
Publicado por NAVONA

Aragón, 259, 08007 Barcelona
navonaed@terapiasverdes.com

Diseño de la cubierta: Eduard Serra

Fotocomposición: Víctor Igual, S. L.
Peu de la Creu, 5-9, 08001 Barcelona
Impresión: Romanyà-Valls
Pl. Verdaguer, 1
Capellades, Barcelona

Depósito legal: B-26.303-2008
ISBN: 978-84-96707-62-7

Índice

SONÓ EL TIMBRE

Esta novela de Rex Stout, también protagonizada por el detective privado Nero Wolfe, es fruto de un profundo sentimiento de indignación del escritor ante los procedimientos anticonstitucionales utilizados por el FBI durante la actuación del Comité de Actividades Antiamericanas.

Este Comité, creado por el Congreso en 1938, tenía por objeto cortar de raíz los elementos subversivos en la sociedad americana, particularmente relacionados con el nacionalsocialismo hitleriano antes y durante la Segunda Guerra Mundial, y posteriormente, en la llamada la Guerra Fría, con el comunismo.

En el decenio 1947-1957, se abatió una auténtica ola de terror sobre un sector del mundo intelectual, científico y artístico estadounidense, supuestamente vinculado o simpatizante en mayor o menor grado con la ideología comunista, que se vio amenazado por una implacable persecución para descubrir culpabilidades.

Esta campaña de depuración, popularmente conocida como «caza de brujas», fue dirigida por el senador republicano Joseph McCarthy, y alcanzó gran notoriedad cuando la industria cinematográfica se convirtió en el blanco de sus investigaciones. En ellas se citaba a personas sospechosas o no de simpatías comunistas a las que se interrogaba para que confesaran su culpa o delataran a compañeros. A los que se negaban a dar nombres, más de 320, se los incluyó en una lista negra, lo cual implicaba pérdida de empleo, destrucción de carrera e incluso encarcelamiento. Algunos de estos profesionales tuvieron que firmar sus trabajos con seudónimo para poder subsistir y otros se exiliaron. Víctimas del acoso fueron personajes célebres en diversos campos, como Leonard Bernstein, Charles Chaplin, John Garfield, Dashiell Hammett, Lilian Hellman, Arthur Miller, Joseph Losey, Clifford Odets, Orson Welles y Dalton Trumbo.

Rex Stout, un hombre de profundas convicciones democráticas, fue un activo miembro de la sociedad «Amigos de la democracia», participó en la «Sociedad para la prevención de la Tercera Guerra Mundial» y fue redactor en la «Junta del Gobierno Mundial». Denunció inflexiblemente, por ilegales, las actividades del Comité y del FBI, por cuyo motivo tanto McCarthy como el director del FBI durante 48 años, J. Edgar Hoover, lo tuvieron en su lista de sospechosos, aunque nunca fue llamado a declarar.

En esta novela (*The doorbell rang*, según su título en inglés), Rex Stout manifiesta así, por boca de Nero Wolfe, su parecer acerca del FBI: «El Federal Bureau of Investigation es un enemigo formidable, afianzado en el poder y en los privilegios. No es una bravata, sino simplemente una constatación decir que en América ningún individuo o grupo emprendería una labor como la que yo me he asignado». Con estas frases contundentes, Stout/Wolfe es consciente de que al investigar y descubrir los tejemanejes inconstitucionales del FBI se sitúa en una posición peligrosa. Sólo actuando con suma inteligencia, le será posible poner contra las cuerdas una organización temible, como así sucede. En la ficción, claro.

La sutil venganza literaria de Rex Stout contra el FBI queda resumida en la expectante llamada sin respuesta descrita en las últimas líneas de esta novela.

NERO WOLFE CONTRA EL FBI

1

PUESTO QUE ERA EL FACTOR DECISIVO, sería mejor empezar describiéndolo. Era un rectángulo de papel rosado de unos siete centímetros de ancho y dieciocho de largo, y en él se podía leer que el First National City Bank pagaría cien mil dólares a Nero Wolfe. Firmado: Rachel Bruner. El papel estaba sobre la mesa de Wolfe, en el mismo sitio donde lo había colocado la señora Bruner. Una vez hecho esto, ella había vuelto a sentarse en el sillón de cuero rojo.

Hacía media hora que estaba allí, desde las seis y cinco minutos. Como su secretaria había telefoneado pidiendo hora para una entrevista noventa minutos antes, no había habido tiempo material para realizar averiguaciones sobre su persona. Ya era bastante que supiéramos que era la viuda y heredera de Lloyd Bruner. De la docena de edificios Bruner, con más de doce pisos cada uno, ocho, por lo menos, habían ido a parar a sus manos. Uno de ellos podía divisarse desde cualquiera de los puntos cardinales de la ciudad. En realidad, nos había bastado con telefonear a Lon Cohen, de la *Gazette*, preguntándole si disponía de alguna información que no podía ser publicada acerca de alguien apellidado Bruner. Sin embargo, hice otro par de llamadas más. Me puse en contacto con el vicepresidente de nuestro banco y con Nathaniel Parker, el abogado. No saqué nada en limpio, excepto que el primero comentó: —¡Oh...! Es raro, chocante... —Luego guardó silencio.

Le pregunté a qué se refería.

—No tiene importancia, verdaderamente. El señor Abernathy, nuestro presidente, recibió un libro que ella le envió...

—¿Qué clase de libro?

—Pues..., no, no lo recuerdo. Disculpe, señor Goodwin. Tengo mucho trabajo y no puedo atenderle.

No logré más informes. Cuando tocaron el timbre de la casa de piedra rojiza de la calle Treinta y Cinco Oeste, respondí a la llamada. La invité a pasar al despacho. Una vez que se hubo sentado en el sillón rojo, dejé su abrigo de piel de marta cebellina en el sofá. Luego, me acomodé ante mi mesa. Aquella mujer era demasiado baja y gruesa para merecer el calificativo de elegante, aunque su vestido de Dior desprendía cierto estilo. La cara resultaba excesivamente redonda, aunque no había nada que reprochar a aquellos ojos castaños que observaban atentamente a Wolfe, cuando preguntó si era necesario explicar quién era.

Él la miraba sin el menor entusiasmo. Sucedía algo malo. Acababa de comenzar un nuevo año y todo parecía indicar que no tendría más remedio que ponerse manos a la obra. En los meses de noviembre y diciembre, Wolfe, por culpa de sus deberes con el fisco, perdía tres cuartos —más, probablemente— de cualquier ingreso adicional, y por ello la negativa ante nuevas ofertas de trabajo era automática. Pero el mes de enero era otra cosa. Y estábamos a cinco de enero. Además aquella mujer rezumaba dinero. A Nero, sin embargo, no le complacía salir de su letargo.

—El señor Goodwin ha citado su apellido —replicó fríamente—, y yo leo los periódicos.

Ella asintió. —Lo sé. Sé mucho sobre usted. Por eso estoy aquí. Deseo que usted haga algo que otro hombre, quizá, no podría hacer. Usted lee libros también. ¿Ha leído uno titulado *El FBI que nadie conoce*?

—Sí.

—Entonces no necesito añadir nada. ¿Le impresionó esa obra?

—Sí.

—¿Favorablemente?

—Sí.

—¡Dios mío! ¡Qué lacónico es usted!

—He contestado sus preguntas, señora.

—Sin duda. Yo también puedo ser lacónica, si quiero. A mí también me impresionó la lectura de ese libro, hasta tal punto que compré diez mil ejemplares y los envié a otras tantas personas del país.

—¿De veras? —Una de las cejas de Wolfe se había alzado levemente.

—Sí. Envié esos ejemplares a los miembros del gabinete gubernamental, a los tribunales de justicia, a los gobernadores de todos los estados, a senadores y representantes, a los miembros de las legislaturas, editores de revistas y diarios, directores de empresas y bancos, locutores de radio, periodistas, fiscales, profesores... y otros. ¡Ah, sí! A los jefes de policía también. ¿Debo explicar por qué lo hice?

—No tiene por qué explicarme nada.

Hubo como un centelleo en aquellos ojos de color castaño oscuro. —No me gusta nada el tono que emplea usted. Me gustaría encargarle un trabajo y le pagaré el máximo y un poco más incluso. No hay límite, prácticamente. Pero, bueno, no vale la pena seguir, a menos que... Usted me ha dicho que el libro le impresionó favorablemente. ¿Está de acuerdo con la opinión del autor sobre el FBI?

—Excluyendo detalles de escasa importancia, sí.

—¿También con lo que afirma de J. Edgar Hoover?

—Sí.

—Entonces no le sorprenderá saber que me están siguiendo a todas partes día y noche. Sé que estoy vigilada, y no sólo yo sino también mi hijo y mi hija, mi hermano e incluso mi secretaria. Mis teléfonos están controlados. Mi hijo piensa lo mismo con respecto a los suyos... Está casado y vive en un apartamento. Varios empleados de la Bruner Corporation han sido sutilmente interrogados. La firma ocupa dos plantas del Edificio Bruner, en las que trabajan más de cien empleados. ¿Le sorprende o no le sorprende todo esto?

—No —respondió Wolfe—. ¿Envió usted cartas junto con los libros?

—No, sólo una tarjeta mía con unas breves palabras.

—Pues entonces no debiera usted sentirse extrañada.

—Pues lo estoy... o mejor dicho, lo estaba. No soy miembro del Congreso, ni editora de un periódico, ni locutora o profesora... todas personas que tienen un empleo del cual han de vivir. No pueden permitirse el lujo de perderlo. ¿Cree que el FBI busca perjudicarme?

—Podría ser.

—Se equivoca. Me está solamente incordiando. Varios de mis asociados y amigos han sido interrogados... Con discreción, desde luego. Luego se han excusado elegantemente, ¡no faltaba más! Todo empezó hace un par de semanas. Y hace diez días me intervinieron los teléfonos. Mis abogados afirman que lo más probable es que no haya forma de detener la cosa, pero están reconsiderando la cuestión. Son uno de los bufetes más importantes de Nueva York y, sin embargo, ¡temen el FBI! Desaprueban mi acción. Declaran que lo del envío de los libros fue un mal paso, un paso quijotesco. A mí lo que ellos digan me da absolutamente igual. Cuando leí esa obra me puse furiosa. Llamé a los editores y les dije que me enviaran a uno de sus empleados. Me informó que no habían logrado vender más de veinte mil ejemplares. ¡En un país de casi doscientos millones de habitantes, de los cuales veintiséis habían votado a Goldwater! Pensé en pagar algunos anuncios, pero decidí que sería mejor comprar los libros y conseguí un descuento del cuarenta por ciento sobre su precio —la señora Bruner agarró con ambas manos los brazos del sillón—. Ahora Hoover me está irritando y deseo pararle los pies. Pretendo que sea usted quien se encargue de hacerlo.

Wolfe negó con la cabeza. —Eso es absurdo, ridículo, diría más.

La señora Bruner cogió su bolso de cuero y lo abrió. Extrajo un talonario y una estilográfica, y empezó a rellenar una de las hojas, sin precipitación, metódica y cuidadosamente. Luego, separó el papelito de la matriz y lo colocó encima de la mesa de Wolfe, volviendo luego a su sillón. —Esos cincuenta mil dólares son solamente un adelanto —manifestó—. Ya he dicho antes que no habría límite.

Wolfe continuó inmóvil, sin echar ni siquiera un vistazo al cheque. —Señora —declaró—, yo no soy ni un prestidigitador, ni tampoco un memo. Si es verdad que la vigilan, la habrán seguido hasta aquí. Todos supondrán, entonces, que ha venido a esta casa a contratar mis servicios. Es muy probable también que esta vivienda haya comenzado a ser vigilada. Si no es así, la cosa empezará en cualquier instante a partir de ahora, siempre que yo sea tan estúpido como para aceptar su encargo.

Wolfe me miró. —Archie, ¿cuántos agentes tiene en Nueva York el FBI?

—¡Pues...! —apreté los labios—. No lo sé... Unos doscientos, quizá. Van y vienen... —agregué vagamente.

Nero fijó de nuevo la vista en ella. —Yo dispongo tan sólo de uno: el señor Goodwin. Nunca salgo de mi casa cuando me sumerjo en alguno de mis casos. Sería...

—Dispone también de Saul Panzer, Fred Durkin y Orrie Cather.

En circunstancias normales, mi jefe se habría molestado al oír aquellos nombres. Esta vez, no.

—No puedo pedirles que corran ciertos riesgos. Lo mismo me sucede con respecto al señor Goodwin. Además, todo sería una soberana pérdida de tiempo. Ha hablado usted de pararles los pies... Entiendo que lo que quiere es que impidamos que el FBI siga molestándola.

—Sí.

—¿Y cómo?

—¡Ah! Eso lo ignoro.

—Yo también —Wolfe volvió a agitar la cabeza—. No, señora. Usted ha provocado la actual situación y no tiene más remedio que hacerle frente. No diré que desapruebe el envío de los libros a sus destinatarios, pero estoy de acuerdo con sus abogados en juzgar quijotesca su acción. Tiene que asumir las consecuencias. Esto no va a durar siempre y, como ha señalado, menos mal que usted no es un miembro del Congreso o un profesional que podría perder su empleo. Le aconsejo, pues, que no envíe más libros a nadie... por la cuenta que le trae.

Ella se mordió los labios.

—Tenía entendido que usted era un hombre que no temía a nada ni a nadie.

—¿Quién habla de temores? Sé diferenciar muy bien si algo es digno a lo que tener miedo o si es mejor pasar de largo de ello.

—Creí que el único hombre capaz de llevar adelante esa tarea era usted.

—Entonces, ha llegado a un callejón sin salida.

La señora Bruner volvió a coger su bolso, lo abrió y sacó el talonario. Al igual que unos minutos atrás, rellenó primeramente la matriz. Después se levantó, reemplazando el cheque que había sobre la mesa con el que acababa de extender. Luego, se sentó.

—Esos cien mil dólares —manifestó— siguen siendo sencillamente un adelanto. Pagaré todos los gastos que se produzcan. De salir usted airoso en el caso que nos ocupa, sus honorarios, libremente indicados, se agregarán a esa suma. Si fracasa en su trabajo, se quedará con los cien mil dólares.

Wolfe se inclinó hacia adelante para leer el cheque. Después de examinarlo atentamente, volvió a dejarlo encima de la carpeta, recostándose en su sillón con los ojos cerrados.

Conociéndolo como lo conozco, yo sabía perfectamente qué era lo que le pasaba por su mente. No se trataba del trabajo, no. Como ya había dicho, era absurdo, ridículo. Contemplaba una hermosa perspectiva... Con cien mil dólares en su haber podría permitirse el lujo de no aceptar ningún caso durante todo el invierno, toda la primavera y parte del verano, quizá. Dispondría de tiempo para leer cien libros y cultivar un millón de orquídeas más. En una palabra: el paraíso. Una de las comisuras de sus labios pareció moverse. Para él, esto venía a ser una amplia sonrisa. Se recreaba en sus reflexiones. Aquello no tendría nada de particular si no duraba más de treinta segundos: todos los hombres tienen derecho a soñar. Pero cuando pasaba ya del minuto juzgué oportuno toser...

Abrió los ojos, irguiendo el cuerpo. —Archie, ¿tienes algo que proponer?

Así que estaba interesado. Incluso si se comprometiera, la cosa no resultaría. La mejor manera de evitarlo sería que ella se marchara rápidamente.

—No. No tengo ninguna propuesta, pero sí un comentario. Antes ha dicho que si la señora se halla vigilada la habrán seguido hasta aquí. Ahora bien, si sus teléfonos están intervenidos, esa gente no se habrá molestado ni siquiera en venir. Sin duda, ya han escuchado la conversación de la secretaria concertando la entrevista.

Nero frunció el ceño. —Pues esta casa ahora está vigilada.

—Probablemente. Pero tal vez la cosa no se presente tan fea como ella dice. Ya sé, ya sé que la señora Bruner no iba a exagerar porque sí, pero...

—No acostumbro a exagerar nunca —me interrumpió.

—Ya me lo imagino, señora —respondí; y agregué, mirando a Wolfe—: La gente que no está habituada a que la molesten se enoja con facilidad. Ahora mismo podríamos salir de dudas —miré nuevamente a la viuda—. ¿Ha venido aquí en un taxi, señora Bruner?

—No. Ahí fuera está mi coche, con el chófer.

—Muy bien. La acompañaré hasta la calle y esperaré allí mientras usted se aleja, para ver qué ocurre —me puse de pie—. El señor Wolfe le comunicará mañana su decisión.

La cosa dio resultado. A ella no le gustó mi intervención. Había ido a contratar los servicios de Nero Wolfe... Continuó insistiendo cinco minutos más, pero pronto vio que lo único que conseguía era exasperarlo. Finalmente, abandonó el sillón y se puso el abrigo. Intuyendo que él no gustaba del clásico apretón de manos, se abstuvo de tenderle la suya. En cambio, escaleras abajo, apretó la mía con firmeza, consciente de que yo iba a influir en la decisión que mi jefe al final tomara. Había algo de nieve en los siete peldaños de la puerta, y yo la cogí del brazo hasta llegar a la acera. El chófer la aguardaba con la portezuela del coche abierta.

Mientras tomaba asiento, la señora Bruner me miró de soslayo, diciéndome: —Gracias, señor Goodwin. Piense que habrá también un cheque para usted y se lo entregaré personalmente.

El chófer ni siquiera la rozó. Al parecer, ella prefería valerse por sí misma. No era de esas viudas de mediana edad que gustan de sentir sobre su brazo la garra de un enérgico varón. El chófer se instaló detrás del volante y el coche arrancó. A unos treinta metros al este, en dirección a la Novena Avenida, otro automóvil cuyas luces acababan de encenderse se puso en marcha, situándose cerca del primero. En los asientos delanteros iban dos tipos. Yo aguanté el viento frío de aquella noche de enero el tiempo suficiente para verlo girar y entrar en la Décima Avenida. Aquello era para reírse y yo me reí. Recuperé la seriedad al entrar de nuevo en el vestíbulo de la casa.

Wolfe se había recostado en su sillón con los ojos cerrados. Tenía los labios apretados y en las comisuras no se observaba curvatura alguna. Al sentir que yo me aproximaba a su mesa despegó un poco los párpados. Cogí el cheque, examinándolo detenidamente. Nunca había visto ninguno por aquella cantidad. ¡Cien mil dólares contantes y sonantes! Los había visto, en cambio, de cifras más altas. Volví a dejarlo en su sitio, fui a mi mesa, me senté y anoté en una hoja de papel el número de la matrícula del coche. Luego descolgué el teléfono y marqué un número. Me puse al habla con un funcionario municipal al cual hace años le hice un gran favor. Me comunicó que para conseguir la identificación del coche necesitaba, por lo menos, una hora. Le contesté que esperaría.

Al colgar, oí la voz de Wolfe: —¿No te parece todo un cúmulo de despropósitos?

Desde mi sillón me gire hacia él. —No lo creo. La señora Bruner se encuentra realmente en peligro. Cerca de su coche había otro ocupado por dos hombres. En el momento en que el Rolls de ella se adentraba en la Décima Avenida se le pegaron tanto que casi lo tocaban. La seguían, de eso no hay ninguna duda. Un frenazo del Rolls y habrían chocado. La señora Bruner está en peligro, ya puede creérselo.

—¡Uf!

—Sí. Estoy de acuerdo. La cuestión es ésta: ¿quiénes son esos hombres? Si se trata de detectives privados, podría ganarse muy bien esos cien mil dólares. En cambio, si los individuos que la siguen son agentes secretos federales, lo único que puede hacer ella es resignarse, como ya le dejó claro. Dentro de una hora aproximadamente sabremos a qué atenernos.

Wolfe echó un vistazo al reloj de pared. Faltaban doce minutos para las siete. Me miró. –¿Está el señor Cohen en su despacho?

–Seguramente. Suele irse alrededor de las siete.

–Pregúntale si quiere cenar con nosotros.

Era éste un paso muy astuto. Si yo sugería que aquello no valía la pena, ya que la cosa resultaba ridícula, él me respondería que teníamos una necesidad imperiosa de mantenernos en buenas relaciones con el señor Cohen, en lo que realmente no se equivocaba. Además podría haber añadido que hacía más de un año que no lo veía, lo cual era cierto.

Di otra vuelta a mi sillón y descolgué el teléfono para marcar un número.

2

A LAS NUEVE ESTÁBAMOS DE VUELTA. Lon se había acomodado en el sillón rojo y Wolfe y yo nos encontrábamos en nuestras respectivas mesas. Fritz servía café y coñac. Habíamos pasado hora y media en el comedor, haciendo los honores a muy diferentes manjares: pasteles de almejas con salsa de chile, carne asada con vino tinto, calabacín con crema agria y eneldo picado, aguacate con berros, nueces y queso *Liederkranz*. En la conversación se había tratado del estado general de la Unión y de la mente femenina en general... Hablamos de las ostras cocinadas, de la estructura de determinadas lenguas y de los precios de los libros. La discusión se había exasperado solamente al enfocar el tema de la mentalidad del sexo opuesto. Lon había sido el provocador, con el único propósito de ver hasta qué punto Wolfe se irritaba.

Lon tomó un sorbo de coñac, al tiempo que consultaba su reloj de pulsera. —Si les parece bien —dijo—, pongamos punto final a esto. Me esperan en otro sitio a las diez. Ya sé que no esperan ni desean que pague mi cena... Ahora bien, yo no pierdo de vista un hecho: generalmente, cuando tienen que dar o pedir algo, Archie me llama por teléfono o me visita. Aquí, pues, debe de ocurrir algo especial. Tendrá que ser tan extraordinario como este coñac.

Wolfe cogió un papel alargado que se encontraba sobre su mesa. Lo contempló un momento con el ceño fruncido, dejándolo a continuación. Yo lo había puesto allí media hora antes, cuando, durante la cena, había tenido que atender una llamada telefónica. El funcionario a quien había recurrido me había llamado para confirmarme nuestras sospechas. Antes de regresar al comedor, había escrito «FBI» en una hoja que dejé encima del escritorio de Nero. Aquello me había quitado el hambre. De haberse equivocado la señora Bruner en sus suposiciones, podrían haberse abierto para nosotros grandes posibilidades. Pensaba en el cheque que me había ofrecido...

Wolfe sorbió un poco de café. Dejando la taza, respondió: —Me quedan catorce botellas de la misma marca.

—¡Dios santo! —exclamó Lon.

Olió delicadamente el aroma que desprendía el licor. Sus cabellos, lisos y peinados hacia atrás, y su cara delgada no me recordaban a nadie en particular. En todo caso, hiciese lo que hiciese, ocupaba siempre el lugar justo ya fuese en su habitación en el piso vigésimo del edificio de la *Gazette*, a dos puertas de la del redactor jefe, o bailando con una hermosa mujer en el Flamingo o sentado a la mesa con nosotros, o en el apartamento de Saul Panzer, donde pasábamos las horas enfrascados en partidas de póquer, u oliendo un coñac de 50 años.

Echó otro trago de licor. —Venga ya. Lo único que deseo es no tener nada que ver en este asunto.

—La verdad: no se trata de nada especial —declaró Wolfe—. Nada extraordinario. Primera pregunta: ¿sabe de alguna relación, por remota que sea, existente entre la señora de Lloyd Bruner y el FBI?

—Claro que sí... Esa mujer envió a un millón de personas ejemplares del libro de Fred Cook. Entre esas personas figuraban nuestro redactor jefe y el editor. Yo no pude procurarme ninguno. ¿Usted sí, Wolfe?

—No. Yo tuve que comprarme el mío. ¿Sabe de alguna represalia que el FBI haya podido emprender? Que lo que digamos no salga de estas cuatro paredes, ¿de acuerdo?

Lon sonrió. –Todas las acciones que haya podido emprender el FBI serán también privadas y confidenciales. Tendría usted que ponerse en contacto con Hoover... A menos que ya se haya enterado de algo. ¿Es así?

–Sí.

Lon levantó la cabeza. –No es posible. Entonces, la gente que paga su sueldo debería saberlo.

Wolfe asintió. –Ese punto de vista es muy natural en usted. Busca informaciones con el fin de publicarlas. Yo hago lo mismo para satisfacer mi interés personal. De momento, lo único que busco es decidir qué es lo que me interesa más. En la actualidad no tengo cliente alguno ni he contraído ningún compromiso. Debo decir que en caso contrario, no me hallaré en condiciones de facilitarle una información publicable, a pesar del rumbo que tomen las cosas. Si puedo, lo haré, pero dudo que sea factible. ¿Le debemos algo?

–No. Yo sí que estoy en deuda con ustedes.

–Muy bien. Trabajemos sobre la información que tenemos... ¿Por qué la señora Bruner envió esos libros a distintas personas?

–Lo ignoro –Lon tomó un poco más de coñac, enjuagándose bien la boca con el alcohólico líquido–. Quizás su intención era convertir su acción en un servicio público. Yo mismo compré cinco ejemplares, que envié a algunos colegas. Deberían haber leído la obra, cosa que, probablemente, no hicieron. Un amigo mío compró treinta ejemplares para regalarlos como obsequio de Navidad.

–¿Sabe si esa mujer tiene algún motivo particular para mostrarse enemiga del FBI?

–No.

–¿Alguien se ha ido de la lengua sobre este tema?

–No. Su caso es distinto, evidentemente. Dígame, Wolfe, entre nosotros: ¿quién, exactamente, pretende contratar sus servicios? Esta información me podría servir para añadir un par de cosas más al informe.

Nero volvió a llenar su copa.

—Es posible que nadie contrate mis servicios —respondió—. De lo contrario, es muy probable que se quede sin saber a qué persona quiero servir. En cuanto a los hechos... Sé cuáles son los que preciso. Necesito disponer de una lista de todos los casos en los que han trabajado recientemente los agentes del FBI y en los que están trabajando en la actualidad, dentro y en los alrededores de Nueva York. ¿Puede darme esta información?

—¡Dios mío! No —declaró Lon, sonriente—. ¡Maldito sea! Estaba pensando... Es increíble, pero he estado pensando si es Hoover quien le ha pedido a usted que se ocupe de la señora Bruner. Eso sería un notición. En caso afirmativo... —Lon cerró a medias los ojos— ¿se dispone a realizar un servicio público?

—No sé. Me parece que ni podrá tratarse de un servicio privado. Estoy considerándolo. ¿Sabe cómo podría hacerme con esa lista?

—Ya puede olvidarse de ella. Todo el mundo sabe que la mayoría de casos encomendados a esa gente son conocidos por todo el mundo, como el robo de la joya del Museo de Historia Natural y el del camión del banco de Jersey: medio millón de dólares en billetes pequeños. Pero hay otros casos que distan mucho de ser del dominio público. Usted ha leído ese libro... Claro, siempre se habla demasiado y no todo lo que se dice es publicable. Supongo que lo que a usted le conviene es ese tipo de información.

—Quizá, y sobre todo si debiera enfrentarme con una circunstancia fuera de la legalidad.

—Cierto. No resulta muy divertido ocuparse de una cuestión rutinaria. —Lon volvió a consultar su reloj—. Dispongo tan sólo de veinte minutos. Si se me ofrece otro trago de coñac y si sigue por el camino que veo que está tomando, será para mí una gran satisfacción intervenir —Lon me miró—. Va a necesitar pronto su agenda, Archie.

Veinte minutos más tarde su copa de coñac se había vaciado nuevamente. Yo había llenado cinco páginas de mi bloc. Lon se había esfumado. No hay nada que decir del contenido de las cinco páginas porque se utilizó poco del material reunido, y seguramente las personas que aparecen se molestarían si las mencionase.

Al regresar al despacho, tras haber acompañado a Lon hasta la puerta, yo pensaba en Wolfe y no en el bloc. ¿Estaba él considerando realmente la cuestión? No. Imposible. Se había dedicado a dejar pasar tranquilamente el tiempo, intentando, quizá, sacarme de mis casillas. ¿Qué pretendía? ¿Qué esperaba de mí? Me encaminé a mi mesa y con una sonrisa le dije:—¿Ha estado bien?

Arranqué las páginas escritas del bloc y las partí por la mitad. Iba a repetir la operación cuando él me gritó: —¡Basta!

Arqueé una ceja, gesto que él no sabe hacer. —Lo siento —respondí cordialmente—. ¿Quiere conservar estos papeles como recuerdo?

—No. Siéntate, por favor.

Me senté.

—¿Se ha olvidado algo?

—No creo. Raras veces se te pasa algo. Una pregunta hipotética: si yo te comunicara que he decidido ganarme los cien mil dólares de la señora Bruner, ¿ qué te parecería?

—Absurdo, ridículo. Lo que usted comentó al principio.

—Eso se sobreentiende. Continúa, por favor.

—¿Quiere que sea más explícito?

—Sí.

—Diría que lo que realmente pretende es vender esta casa, al objeto de ingresar en una clínica, ya que anda fatal de salud. Aunque lo que realmente persigue es estafar a esa mujer, ¿no?

—No —dijo esbozando una leve sonrisa.

—Entonces está a punto de entrar en el lado oscuro del camino. Ya ha leído el libro. No podríamos ni empezar. Lo ideal sería ponerse en contacto con el FBI, y entablar una conversación franca y directa. Refregándonos en el barro, no conseguiremos nada. Habría que disponer de medios eficaces para acorralar a esa gente, a todo su equipo... Supongamos que nos hemos puesto en marcha. Cojamos uno de esos casos —manifesté tocando las hojas rotas de mi agenda— y adentrémonos en él. A partir de ese momento, cada vez que salga de casa tendré que dedicarme un buen rato a deshacerme de mis seguidores. Lo mismo ocurrirá con todas las restantes personas relacionadas con nosotros. Las conversaciones telefónicas serán escuchadas. Igual ocurrirá con otros teléfonos: los de la señorita Rowan, Saul, Fred y Orrie... Y el de Parker, desde luego. Es posible que no sigan sus métodos habituales, pero si lo hacen estamos arreglados. Tendré que dormir en este despacho. Las ventanas y las puertas blindadas son pan comido para ellos. Controlarán nuestro correo, y no exagero. Que recurran a uno u otro procedimiento depende de un montón de cosas, pero la verdad es que pueden emplearlos todos. Poseen todos los medios necesarios, los que conocemos y otros de los cuales no hemos oído hablar.

Crucé las piernas. —En estas condiciones, jamás conseguiremos salir de este atolladero. Además, si alguna vez dejamos una brecha abierta, ellos no dejarán de aprovecharla para dejarnos más atrás. Cuentan con seis mil hombres concienzudamente adiestrados, algunos de ellos más que preparados, y un presupuesto de trescientos millones de dólares anuales. Me gustaría consultar el diccionario, para encontrar una palabra más expresiva que «absurdo».

Volví a poner mis piernas en posición normal. –Bueno. Hablemos de ella, ahora. Yo no creo que se trate simplemente de que esté enojada. Sospecho que lo que realmente le pasa es que está más bien asustada. Sabe seguramente que hay algo sucio que la está envolviendo, si no a ella en persona, a su hijo, o hija, o hermano, o incluso a su esposo ya muerto... Teme que den con ello, con lo que sea. La señora Bruner está convencida de que no pretenden únicamente molestarla. Esos hombres andan detrás de algo que ha de doler, que puede levantar más de una ampolla. En cuanto a los cien mil dólares, para ella no son nada, ya que se encuentra en tal situación fiscal que los convierten en calderilla.

Volví a cruzar las piernas, concluyendo: –Así veo yo este asunto.

Wolfe gruñó: –La última parte era irrelevante.

–A veces soy irrelevante. Eso desorienta a la gente.

–No dejas de mover las piernas.

–También eso ayuda a desorientar a la gente.

–¡Uf! Te estás poniendo realmente nervioso. Yo creía conocerte, Archie, pero ahora veo que me equivocaba.

–No es que esté viendo nada nuevo, lo que pasa simplemente es que estoy haciendo una exhibición de sentido común.

–No exageres. Me parece que más bien haces gala de otro tipo de sentido. Me recuerdas un perro: no cesas de mover las piernas porque notas el rabo entre ellas. He aquí lo que me acabas de decir: se me ha ofrecido el trabajo mejor pagado entre todos los que he aceptado hasta ahora. En realidad, no hay límites para los gastos ni para los ingresos. Pero debo renunciar a él. Y he de renunciar no porque sea difícil o imposible (muchos de mis casos han sido considerados así), sino porque mi labor ofendería a cierto hombre, porque la organización que él dirige se vengaría. Declino el trabajo porque no me atrevo con él. Preferiría una amenaza antes que...

—¡Yo no he dicho eso!

—Estaba implícito en tus palabras, pero no te has atrevido a decirlo. Estás asustado, sí, y debo admitir que con razón, porque manos y voces de muchos que ocupan puestos destacados en la sociedad han temblado a consecuencia del mismo miedo. Es posible que a mí me sucediera lo mismo si todo se redujera sencillamente a rechazar o aceptar un trabajo. Pero yo no devolveré el cheque de cien mil dólares que tengo aquí porque alguien me inspire miedo, más que nada porque mi amor propio me lo impide. Te sugiero que te tomes unas largas vacaciones. Pagadas, eso sí. Ahora puedo permitirme ese gasto.

Apoyé los pies en el suelo. —¿Cuándo empezamos? ¿Ahora mismo?

—Sí —Wolfe sonreía.

—Esas notas han sido escritas utilizando mi clave particular. ¿He de pasarlas a máquina?

—No, sino pretendes comprometerte a ti mismo. Me entrevistaré nuevamente con Cohen.

Entrelacé los dedos de las manos detrás de la nuca, contemplando detenidamente el rostro de Nero.

—Sigo pensando que hay algo que no le parece bien —dije—. Y niego que tuviera el rabo entre las piernas, puesto que las mantenía cruzadas. Sería un espectáculo único quedarse aparte y ver cómo se las arreglaba sin mí. Ahora, después de todos los años que llevamos bailando juntos, sería rastrero abandonarlo a su suerte. Si en el camino llego a tener miedo, usted será el primero en saberlo —cogí los papeles rotos—. ¿Quiere que mecanografíe esto?

–No. Para nuestra discusión es mejor que vayas traduciendo las notas a medida que las necesitemos.

–Conforme. Una sugerencia. Dada su actitud, ¿piensa declarar la guerra telefoneando a la cliente? Dejó un número que no figura en la guía y su teléfono estará intervenido... ¿La llamo?

–Sí.

Procedí a hacer lo que Nero Wolfe me indicaba.

3

AL ACERCARME A LA COCINA, antes de acostarme —alrededor de medianoche—, para comprobar si Fritz había cerrado la puerta posterior de la casa, observé complacido que el batidor de la leche, indispensable para cocinar los deliciosos pastelillos de trigo sarraceno, se hallaba sobre una fuente, al alcance de la mano. En una situación como ésta, las crujientes tostadas o los hojaldrados croissants habrían resultado inadecuados.

En consecuencia, la mañana del miércoles, poco después de las nueve, mientras bajaba las escaleras, sabía que iba a ser convenientemente abastecido de combustible. Al verme entrar en la cocina, Fritz encendió la llama de la plancha. Le di los buenos días y abrí la nevera para sacar mi zumo de naranja.

Wolfe, que toma habitualmente en su habitación el desayuno que le lleva Fritz, había subido al invernadero, para pasar entre sus orquídeas el par de horas de costumbre por las mañanas. Oí el zumbido del ascensor como siempre. Al aproximarme a la mesita arrimada a una de las paredes, donde yo suelo acomodarme, pregunté a Fritz si pasaba algo.

—Sí —me respondió—. Y usted va a decirme qué es.

—¡Ah! ¿No te lo explicó él?

—No. Me indicó solamente que puertas y ventanas tenían que encontrarse cerradas a todas horas y que yo tenía que mostrarme... oiga, ¿qué quiere decir circunspecto?

—Significa que has de mirar bien donde pisas; que no has de contestar por teléfono nada que no quisieras ver por escrito; y que cuando salgas a la calle te portarás con las chicas a quienes acompañes igual que si te estuviese observando el objetivo indiscreto de la televisión... Manténte atento. Desconfía de todos los desconocidos.

Fritz guardaba siempre silencio hasta que los pastelillos que tuviera entre manos no alcanzaban el idóneo color dorado. Cuando me los puso delante (era el primer par), con la salchicha, y mientras yo colocaba sobre ellos una fina capa de mantequilla, declaró: —Deseo saber qué está ocurriendo, Archie. Hay más: tengo derecho a que se me informe. Me dijo que usted ya me explicaría. Bien. Estoy esperando que usted lo haga.

Cogí mi tenedor.

—Sabes lo que es el FBI, ¿verdad?

—Sí: el señor Hoover.

—No sólo es él. Vamos a tener que meter las narices en esa organización por encargo de un cliente. No hay nada de extraordinario en eso, pero Hoover es, sin duda, muy precavido e intentará pararnos los pies.

Di el destino adecuado a un pastelillo.

—Pero... él es un gran personaje, ¿no?

—Naturalmente. Supongo que habrás visto más de una fotografía suya.

—Sí.

—¿Y qué opinas de su nariz?

—No es nada proporcionada, aunque no exactamente chata. La veo más bien aplastada, ancha. En absoluto *bien faite*...

—Pues entonces habrá que pegarle un buen tirón.

Ataqué una salchicha con el tenedor.

Fritz se quedó más tranquilo al ver que acababa mi desayuno, y me trasladaba acto seguido al despacho. Por lo que se refiere a la cuestión culinaria, aquel día por lo menos sería perfecto. Quité el polvo de las mesas, arranqué hojas a los calendarios, abrí el correo (henchido en gran parte por cosas sin interés), y me dediqué a considerar en qué berenjenal nos habíamos metido. Si marcaba cualquier número de teléfono —el de Parker, por ejemplo—, podría descubrir enseguida si ya lo habían intervenido. Me dije que sería interesante saber si habían reaccionado ya ante la conferencia de la señora Bruner, pero me desdije rápidamente. Era preciso que me atuviera rigurosamente a mis instrucciones: cogí mi agenda, junto con otra que se encontraba en uno de los cajones de mi mesa, abrí la caja fuerte, me hice con el cheque, fui a la cocina para decirle a Fritz que no me esperara para comer, cogí sombrero y abrigo del perchero y salí a la calle.

Me encaminé hacia el este, como si de un paseo se tratase. Es fácil descubrir si alguien te sigue, aunque el otro actúe bien, especialmente en un día de invierno como aquél. El viento, frío y a ráfagas, conservaba las aceras bastante vacías de transeúntes. De todas maneras, *ellos* sabían hacia donde me dirigía. Así que lo esencial era no preocuparme. En el banco, ya en la avenida Lexington, tuve el placer de notar hasta qué punto los ojos del cajero se dilataban al echar un segundo vistazo al cheque. Sencillos placeres de ricos... De nuevo en la calle, giré hacia la parte alta de la ciudad. Tenía que recorrer unos tres kilómetros. Bien. Eran solamente las diez y veinte. Me gusta andar y pensé, además, que si alguien me seguía los pasos, a ese alguien no le iría mal hacer ejercicio.

El edificio de piedra de cuatro pisos, en la calle Setenta y Cuatro entre Madison y Park, era por lo menos el doble de ancho que la casa de Wolfe y no tenía ese color rojizo que la caracterizaba. Una puerta sólida al pie de tres peldaños precedía un vestíbulo al que se accedía por otra puerta de enrejado metálico con vidrios. Fue abierta por un individuo vestido de negro, que carecía de labios. Tiró del pomo con viveza, pero sólo después de haber escuchado mi nombre. Me guió por el vestíbulo hacia otra puerta abierta, y me invitó a cruzarla.

Entré en una oficina más bien pequeña, con algunos armarios, archivadores, una caja de caudales, dos mesas, estanterías y un escritorio repleto de papeles. En la pared del fondo se veía una foto ampliada del edificio Bruner. El vistazo que eché a mi alrededor se detuvo en una cara que exigía una mirada más minuciosa. El rostro en cuestión pertenecía a una joven sentada frente a una de las mesas. Sus ojos avellanados se fijaron en los míos.

—Soy Archie Goodwin —dije.

Ella asintió. —Yo soy Sarah Dacos. Siéntese, señor Goodwin.

La chica apretó el botón de un intercomunicador, y avisó a alguien que yo ya había llegado. Seguidamente, anunció que la señora Bruner no tardaría en presentarse en el despacho.

Una vez sentado, le pregunté: —¿Cuánto tiempo hace que usted trabaja para la señora Bruner?

Ella sonrió. —Sé que usted es detective, señor Goodwin. No tiene por qué demostrármelo.

Le devolví la sonrisa. —Debo mantenerme siempre en forma, señorita —insistí—. ¿Cuánto tiempo?

No costaba ningún trabajo ser amable con una interlocutora como Sarah Dacos.

—Tres años, casi. ¿Desea que le conteste con toda exactitud?

—Más adelante, quizá. ¿Tengo que esperar forzosamente a la señora Bruner para formular ciertas preguntas?

—No es necesario. Ella dijo que le contestase cualquier pregunta que usted me hiciese sobre mi trabajo.

—Seguiremos, entonces. ¿Qué hacía usted antes?

—Trabajé como taquígrafa en la Bruner Corporation. Más adelante fui la secretaria del señor Thompson, el vicepresidente.

—¿Ha trabajado alguna vez para el gobierno, para el FBI, por ejemplo?

Sarah sonrió. —No. Nunca. Tenía veintidós años cuando entré en la Bruner Corporation. Ahora tengo veintiocho. ¿Cómo es que no toma notas de nada de lo que le digo?

—Todo lo apunto aquí —repliqué señalándome la frente—. ¿Por qué llegó a pensar que los hombres del FBI la estaban siguiendo?

—Yo no sé si eran los hombres del FBI, aunque no sé muy bien quién puede ser sino ellos. ¿Quién más podría hacer una cosa semejante?

—¿Hasta qué punto está segura de eso?

—¡Oh! Lo estoy, sí. No acostumbro a ir por la calle mirando hacia atrás, pero... Mi horario es irregular. Salgo siempre a horas distintas. No obstante, cuando llego a la parada del autobús suelo encontrar a un hombre que, sin entender muy bien cómo, va adonde yo voy. Es el mismo todos los días.

—Ese autobús... ¿es el de la avenida Madison?

—No. Es el de la Quinta Avenida. Vivo en el Village.

—¿Cuándo empezó a darse cuenta de que la seguían?

—No estoy segura. La primera vez que noté la presencia del desconocido fue el lunes siguiente al día de Navidad. También me lo encuentro por la mañana. Creía que cuando una persona sigue a otra lo hace de manera que su persecución pase inadvertida.

—No siempre es así... A veces es importante que la persona seguida se entere de que está siendo seguida. Se trata entonces de una vigilancia abierta. ¿Podría describirme a ese hombre?

—Claro. Es más alto que yo, quizás unos quince o diecicho centímetros más. Debe de tener treinta años o poco más. Su cara es larga, de mentón cuadrado, nariz larga y fina y boca pequeña. Sus ojos son de un gris verdoso. Como siempre lleva sombrero, no me he podido fijar en sus cabellos.

—¿Ha hablado usted alguna vez con él?

—No, claro que no.

—¿Le ha dicho a la policía algo sobre este tipo?

—No. El abogado... El abogado de la señora Bruner dijo que no lo hiciera. Me aseguró que si fuese un hombre del FBI ya se las arreglarían para declarar que se trataba de una acción rutinaria de investigación.

—No será la primera vez que lo hacen. A propósito: ¿fue usted quien sugirió a la señora Bruner el envío del libro?

Sarah Dacos arqueó las cejas. Resultaban muy bonitas, por cierto, en aquella actitud.

—No. Ni lo conocía. Lo leí posteriormente.

—¿Cuándo notó que la seguían?

—Después de que ella decidiera enviar los ejemplares.

—¿Sabe usted quién le pudo poner esa idea en la cabeza?

—Ignoro si se la puso alguien —Sarah sonrió—. Me imagino que es natural que me haga esa pregunta, puesto que es usted detective, pero me parecería más lógico que se la formulara a ella. Incluso en el caso de que yo estuviese informada de eso, creo...

Se oyó un rumor de pasos que se aproximaban en el vestíbulo y pronto tuvimos delante de nosotros a la señora Bruner. Al entrar ella en el despacho, yo me puse de pie. Cogí la mano que me ofrecía y correspondí a su saludo. Al verla sentarse en la otra mesa, cambié de silla. Ella miró brevemente un montón de documentos colocados debajo de un pisapapeles, y lo apartó a un lado.

—Sospecho que estoy obligada a darle las gracias, señor Goodwin. Y a algo más, tal vez.

Moví la cabeza. —No. No es que eso importe, puesto que el cheque ya ha sido ingresado; pero la verdad es que yo estaba en contra. Ahora mi postura es otra...

Saqué de un bolsillo lo que había cogido de uno de los cajones de mi mesa de trabajo, poniéndolo en sus manos. Era una hoja de papel en la que yo había mecanografiado el siguiente texto:

Sr. Nero Wolfe
914, Calle Treinta y Cinco Oeste
Nueva York-1
6 de enero de 1965

Distinguido señor:

Confirmando nuestra conversación de ayer, por la presente contrato sus servicios, a fin de que actúe en defensa de mis intereses en el asunto que discutimos. Creo que el FBI es responsable del espionaje al que yo, mis familiares y asociados estamos sometidos, por las razones que le expuse. De todas formas, usted deberá realizar las investigaciones oportunas acerca del presente caso, haciendo todos los esfuerzos posibles para dar fin a dicha situación. Sea cual sea el resultado de sus gestiones, los cien mil dólares que le he entregado no estarán sujetos a ninguna reclamación por mi parte. Le pagaré todos los gastos originados por mi causa y si llega a obtener los resultados que yo deseo, le haré efectivos los honorarios que determine libremente.

Firmado:
Viuda de Lloyd Bruner

La señora Bruner leyó el texto dos veces, primero por encima y después detenidamente. A continuación levantó la mirada. —Habré de firmar esto, ¿no?

—Sí.

—No puedo. Antes de firmar cualquier documento ha de revisarlo mi abogado.

—Pues llámelo y que lo lea.

—Es que mi teléfono está intervenido.

—Lo sé. Es posible que cuando esa gente se entere de que se dispone a conceder a Nero Wolfe amplios poderes, dé marcha atrás. Hágale esa observación a su abogado. No es que les inspire terror la figura de mi jefe, no, ya que ellos no temen a nadie; pero sí es cierto que ya saben con quién se las tendrán que ver. En cuanto a las últimas frases del documento, fíjese que existe una expresión muy ambigua «... y si llega a obtener los resultados que yo deseo...» Evidentemente, usted debe ser quien decida en último término. Tenga claro, pues, que no firma ningún cheque en blanco. Ya verá como su abogado estará de acuerdo.

La señora Bruner volvió a leer la carta y su entrecejo se desarrugó. —No puedo hacerlo. Mis abogados no saben que fui a ver al señor Wolfe. No lo hubieran aprobado. Sólo la señorita Dacos estaba informada de este contacto.

—Entonces nos hemos metido en un callejón sin salida —volví las palmas de mis manos hacia arriba—. Mire, señora Bruner: el señor Wolfe no trabajará para usted si no hay algún documento firmado de por medio. ¿Qué pasaría si luego la cosa se torciese y usted cambiase de idea respecto a nuestro pacto inicial? ¿Qué pasaría si usted decidiera retirarse y se empeñara en que le devolviesen su dinero?

—Yo no haría nunca eso, señor Goodwin. No acostumbro a romper mis promesas.

—Lo imagino. Por eso le pido que firme

La señora Bruner repasó el papel. Luego, me miró. Finalmente, sus ojos se detuvieron en la señorita Dacos.

—Tome, Sarah —dijo—. Saque una copia.

—No hace falta. Ya la saqué yo al redactar el escrito —manifesté.

Al decir esto le entregué otro papel, que ella examinó detenidamente. La señora Bruner había aprendido bien los procedimientos legales, por parte de su difunto marido o gracias a sus abogados. Cogió una pluma y firmó al pie del documento original.

—Era para esto, pues, que el señor Wolfe deseaba que se acercase usted por aquí esta mañana.

Asentí. —En parte. Quería que hiciese unas preguntas a la señorita Dacos, cosa que ya he hecho. Ayer observé que la seguían. Nada más arrancar su coche, otro emprendió una estrecha persecución. En él iban dos hombres. Conseguí el número de la matrícula del automóvil. Eran agentes del FBI. Sin duda lo que quieren es que usted sepa cuál es su posición en esta historia. De ahora en adelante, tanto el señor Wolfe como yo seguramente no le preguntaremos nada sobre lo que está ocurriendo, a menos que haya algo nuevo. Debemos establecer un acuerdo. Puesto que ha leído ese libro, sabe de sobras de lo que le estoy hablando y hasta qué punto no me estoy echando un farol. ¿Ha detectado algún micrófono oculto en esta habitación?

—Ya lo he comprobado varias veces porque desde el principio lo sospeché, pero no estoy convencida de que lo hayamos revisado concienzudamente. Supongo que para hacerlo deberían haber entrado aquí para montar el sistema de escucha, ¿no?

—Sí. A menos que estén utilizando algún nuevo método que desconocemos, pero lo dudo. No quisiera exagerar, señora Bruner, pero, dadas las circunstancias, éste no es un lugar seguro para continuar charlando. Afuera hace frío, pero un poco de aire fresco no le irá mal. ¿Por qué no salimos? Tome su abrigo, por favor.

Ella hizo un gesto afirmativo. —No puedo estar tranquila ni en mi propia casa, señor Goodwin —se puso de pie—. Espéreme aquí, por favor.

Acto seguido, salió de la habitación.

Sarah Dacos me miró sonriente y dijo: —Tenía usted que haber subido a la otra planta. Yo no soy capaz de oír a través de las paredes, ni tampoco desde los agujeros de las cerraduras.

—¿De verdad? —la miré de arriba abajo, satisfecho de disponer de una excusa para poder hacerlo. Era una joven que merecía que la observaran—. Usted podría tener poderes especiales, y quizás para comprobarlo debería utilizar métodos poco usuales que no le gustarían.

Los ojos avellanados rieron. —¿Cómo sabe usted que no me gustaría?

—Mi amplio conocimiento de la naturaleza humana me lo confirma. Usted está dentro de la tipología de mujer delicada, escrupulosa incluso. Ni siquiera se le ha pasado por la cabeza la idea de acercarse al hombre que la seguía para preguntarle su nombre y qué pretendía con su descarada persecución.

—¿Cree que hubiera debido hacer lo que usted dice?

—No. La cuestión es más bien que no lo ha hecho. Disculpe la pregunta: ¿usted baila...?

—A veces.

—Si bailase con usted saldría de dudas. Querría descartar la posibilidad de que usted estuviese haciendo el juego al FBI. Si tuviesen una persona infiltrada dentro de la casa no tendrían por qué seguir los pasos a la señora Bruner ni a sus familiares. Por eso...

Sin haber oído sus pasos, la señora Bruner apareció en la puerta. Esto era mala señal. La señorita Dacos era una mujer atractiva, pero no lo bastante para privarme de mis facultades, aunque estuviese hablando. Me di cuenta de que no me estaba tomando en serio el caso tanto como era habitual en mí. Seguí a la dueña de la casa, con los labios apretados, hacia la puerta principal. Nos la abrió el hombre vestido de negro. Pronto estuvimos fuera, sometidos a las inevitables caricias del viento de enero. Torcimos en dirección al este, hacia Park Avenue, y nos detuvimos en la primera esquina.

—Hablaremos mejor de pie —dije—. No imagino de qué manera va a evolucionar todo a partir de ahora. Quizás el señor Wolfe y yo debamos abandonar la casa en la que ahora vivimos, y nos tengamos que mudar a cualquier otra parte. Si recibe usted un mensaje, escrito o por teléfono, en el que se le notifica que «la pizza está amarga», vaya enseguida al Churchill Hotel y pregunte por un hombre llamado William Coffey. Es el guarda del establecimiento, un miembro del servicio de seguridad. Puede hablarle abiertamente, sin tapujos. Tendrá algo para usted: o bien le dirá o bien le dará algo. La pizza está amarga. Churchill Hotel. William Coffey. Grabe estos nombres en su memoria. No los escriba en ninguna parte.

—De acuerdo — dijo la señora Bruner frunciendo el ceño—. ¿Está usted seguro de que puedo confiar en ese hombre?

—Sí. Si usted conociera mejor al señor Wolfe no me habría hecho tal pregunta. ¿Ha entendido bien cómo proceder?

—Sí, no se preocupe —la señora Bruner se arropó con el cuello del abrigo.

—Pues bien, ahora acordemos el modo de ponernos en contacto entre nosotros, si así lo necesita, para pasarnos cualquier información realmente privada y que nadie más debiera conocer. Entre en una cabina telefónica y marque el número del señor Wolfe. Sea quien sea la persona que le conteste, usted diga únicamente: «Fido está enfermo». Después cuelgue. Espere dos horas y luego vaya al Churchill Hotel, y pregunte por William Coffey. Recuerde... Fido está enfermo.

Ella continuaba con el ceño fruncido. –Pero, perdone que se lo diga, creo que lo primero que harán es intentar averiguar quién es ese William Coffey.

–Puede que lo utilicemos solamente una vez. Deje eso en nuestras manos. En realidad, señora Bruner, de un modo o de otro, usted no forma parte de la operación. Nosotros vamos a trabajar para usted, pero nuestra intención es no involucrarla. Quizá ni tan siquiera tengamos necesidad de ponernos en contacto con usted... Todo esto se lo explico por si se produce el caso. Ahora quiero que sea sincera en la respuesta a algo que nos interesa conocer. Usted ha declarado que fue en busca del señor Wolfe y puso en sus manos ese cheque de seis cifras... sólo porque estaba molesta con el trato que el FBI le está dando. Desde luego usted es una mujer muy rica, pero cuesta un poco de trabajo creerlo. Supongamos que existe algo, relativo a su persona o a los suyos, que no desea que se divulgue y que teme que ellos lleguen a descubrir. En caso afirmativo, es absolutamente necesario que nosotros estemos informados... no de lo que es, sino de lo urgente que es. ¿Se están acercando a ello?

Una ráfaga de viento azotó su rostro. Ella inclinó la cabeza, y alzó instintivamente un hombro. –No. –El viento restó fuerza a su voz y entonces la señora Bruner repitió, con más fuerza–: No.

–Pero, ¿cree usted que hay algún riesgo que eso pueda ocurrir?

La señora Bruner me miró atentamente. La molestia del viento le hizo desviar la mirada y manifestó: –Dejemos ese tema, señor Goodwin. En todas las familias existe... algo especial, que a nadie agrada que trascienda. Es posible que no tuviese presente tal riesgo cuando me decidí a enviar los libros. Sin embargo, actué así, y no me arrepiento de mi acción. Que yo sepa, no han dado con ninguna buena pista. Al menos de momento.

—¿Es eso todo lo que tiene que decirme acerca del tema?

—Sí.

—Bien. Ya sabe lo que tiene que hacer cuando decida ser más explícita. ¿Qué es lo que está amargo?

—La pizza.

—¿Quién está enfermo?

—Fido.

—¿Cuál es el nombre que tiene que recordar?

—William Coffey, del Churchill Hotel.

—Muy bien. Será mejor que vuelva a su casa. Tiene las orejas al rojo vivo. Dios sabe cuándo nos volveremos a ver.

Ella me tocó el brazo. —¿Qué van a hacer?

—Mirar lo que ocurre a nuestro alrededor, correr en busca de algún indicio, investigar...

Iba a decirme algo, pero de pronto decidió no hacerlo, se dio la vuelta y se marchó hacia su casa. Yo me quedé inmóvil, hasta que ella llegó a la puerta de su casa, y se perdió en su interior. Yo eché a andar hacia el oeste. Desde la acera fui mirando los coches aparcados. En las cercanías de la avenida Madison descubrí un automóvil ocupado por dos hombres. Me detuve. No me miraban... Me acerqué unos pasos y apunté el número de la matrícula en mi bloc de notas. Si querían que todo fuese tan descarado... Continuaban sin importarles mi presencia. Proseguí, pues, mi camino.

La noche anterior, desde un teléfono público, había quedado con un amigo taxista, Al Goller. Eran las once y treinta y cinco minutos... Tenía más que tiempo suficiente y por ello me paraba aquí y allá, distrayéndome en los escaparates de los establecimientos que me salían al paso. En la esquina de la calle Sesenta y Cinco me colé en un bar, me senté en un taburete, cerca de la salida, y pedí un bocadillo y un vaso de leche. En la mesa de Nero Wolfe nunca se sirve carne de vaca ni pan de centeno, que era lo que yo había solicitado al camarero... Una vez liquidado el bocadillo, pedí un trozo de pastel de manzana y un café. A las doce y veintisiete minutos terminaba de apurar mi segunda taza. Giré en el taburete para mirar por una de las ventanas del bar. A las doce y treinta y un minutos un taxi se detuvo frente al local. Salí rápidamente. Una mujer estuvo a punto de tomarme la delantera, pero en el último instante, la adelanté y subí al coche. El chófer bajó la bandera y el taxi arrancó.

—Nada de policías, espero —dijo Al por encima del hombro.

—No temas —respondí—. Sigue adelante. Quiero aprovechar esta oportunidad, aunque sea descabellada, porque necesito disponer de libertad de movimientos. Perdóname si ahora te doy la espalda.

Volví la cabeza, mirando hacia atrás. Después de seis giros y diez minutos ya no había duda: nadie nos seguía. Avanzamos por la Primera Avenida y la calle Treinta y Seis. Dije a mi amigo que se detuviera y que me esperase unos veinte minutos. Si no aparecía en ese espacio de tiempo, le pedí que se esfumase. Quizás no hacía falta que me esperase, pero, en fin, nuestra clienta podía correr con los gastos y era probable que volviésemos a necesitar a Al. Me dirigí hacia el sur, a lo largo de manzana y media. Entré en un edificio que tres años atrás no existía en aquella zona. Consulté el directorio de oficinas en el vestíbulo, y vi que la Evers Electronics, Inc., se encontraba en la octava planta. Subí al ascensor.

Dicha oficina ocupaba todo el piso. El mostrador de la recepción quedaba frente a la cabina del ascensor. No vi a la muchacha que solía atender a los visitantes. En su lugar había un tipo de anchas espaldas, de voz ronca, mentón cuadrado y ojos poco cordiales. Le espeté: —Quisiera ver al señor Evers. Soy Archie Goodwin.

Me miró incrédulo. No se habría alterado ni que le hubiese dicho que estábamos a seis de enero. Me preguntó fríamente: —¿Ha sido usted citado para una entrevista?

—No. Trabajo para el detective privado Nero Wolfe. Me ha encomendado que transmita una información de interés para el señor Evers.

Tampoco dio crédito a estas últimas palabras. —¿Nero Wolfe, ha dicho usted?

—En efecto. ¿Quiere que se lo jure todo sobre una Biblia?

Sin pretender ni intentar percibir mi ironía, asió el teléfono, habló y escuchó casi simultáneamente. Finalmente me indicó: —Espere aquí.

Estudió atentamente mi físico. Probablemente, estaba calculando el esfuerzo que le hubiera costado deshacerse de mí. Para demostrarle que me importaba un bledo su velada amenaza le di la espalda, dedicándome a observar una fotografía colgada de una de las paredes. Era una reproducción de un edificio de pisos, en cuya leyenda se podía leer: Planta de la Evers Electronics en Dayton. En el mismo instante en que me disponía a acabar de contar el total de ventanas del edificio, se abrió una puerta y desde ella una mujer pronunció mi nombre. Me acerqué y la seguí por un largo corredor, hasta llegar a otra puerta. Adrian Evers, se leía sobre la placa central. Mi acompañante la abrió. Yo pasé y ella se quedó fuera.

El hombre se encontraba sentado frente a una mesa, entre dos ventanas, zampándose un bocadillo. Avancé dos pasos más, después me detuve y dije: —Disculpe que le moleste durante su almuerzo.

Él continuó masticando, sopesando la magnitud de mi presencia desde detrás de los cristales de sus gafas. Tenía un rostro pequeño y de rasgos regulares, de esos que pasas por alto la primera vez que te encuentras con ellos. Cuando hubo engullido el último bocado, se relamió los labios con el último sorbo del café de la taza de plástico que se encontraba encima de la mesa.

—Siempre aparece alguien que te interrumpe cuando menos te lo esperas. ¿Tiene algo que contarme sobre ese informe de Nero Wolfe? ¿De qué se trata? —Otro mordisco al bocadillo...

Aspiré profundamente y me senté en una silla situada a un extremo de la mesa. —Es posible que ya tenga noticias sobre él. Guarda relación con un contrato del gobierno.

Mi interlocutor empezó a masticar más aprisa, engullendo precipitadamente lo que tenía en la boca. —¿Nero Wolfe trabaja ahora para el gobierno?

—No. Trabaja para un particular. Su cliente está interesado en saber qué está ocurriendo con una investigación de seguridad efectuada por el gobierno sobre uno de los empleados de su compañía, que ha cancelado un contrato o está muy próximo a hacerlo. Es una cuestión de interés público y...

—¿Quién es el cliente?

—No puedo dar su nombre. Es algo confidencial y...

—¿Se trata de alguna persona relacionada con esta compañía?

—No, no, en absoluto. Como le estaba diciendo, señor Evers, el problema es de interés público. Sabe de qué le hablo, ¿no? Cuando se abusa del derecho a realizar investigaciones de ese tipo que pueden afectar gravemente a las personas, hasta el punto de violar determinados privilegios de éstas, el problema deja de ser un asunto privado. Al cliente del señor Wolfe le interesa este aspecto. Todo lo que usted me diga será considerado por mí como estrictamente confidencial y utilizaremos sus declaraciones siempre y cuando nos conceda su autorización. Naturalmente, usted no querrá perder su contrato... Nos han hecho saber que es muy importante. Por otro lado, estoy seguro de que usted como simple ciudadano querrá evitar también que se cometan ciertas injusticias. O por lo menos eso es lo que cree el cliente del señor Wolfe.

El señor Evers había liquidado el resto del bocadillo. No apartaba los ojos de mí. —Usted dijo antes que poseía una información. ¿De qué se trata?

—En un principio creímos que usted podía ignorar que el contrato iba a ser cancelado.

—Eso lo saben más de cien personas. ¿Qué más tiene?

—Al parecer, el motivo de la cancelación gira alrededor de una investigación efectuada de modo muy especial sobre la vida privada del vicepresidente de su empresa, lo cual me lleva a hacerme un par de preguntas: ¿lo que se ha descubierto tiene posibilidad de ser real?, y ¿supone realmente un riesgo para él o para su compañía? Otra más: ¿alguien les quiere hacer una jugarreta a ese hombre y a usted mismo?

—Siga.

—Eso es todo, señor Evers. Hasta aquí puedo contar. Si no le interesa discutir el tema conmigo más extensamente, le sugiero que se ponga en contacto con el señor Wolfe. Si realmente no sabe de su fama, haga las averiguaciones que crea necesarias. Me ordenó que le dejara bien claro que si usted obtiene algún beneficio de cualquier cosa que él haga, no desea honorarios de ninguna especie. No busca cliente. Dispone ya de uno.

El señor Evers me miró frunciendo el ceño. —No lo entiendo. Ese cliente... ¿es un periódico?

—No.

—¿Una revista? ¿El *Time*?

—No —decidí ir un poco más allá de mis instrucciones—.

Sólo puedo decirle que se trata de un particular que cree que el FBI se está pasando en sus atribuciones.

—No me creo ni una de sus palabras. Y además no me gusta lo que estoy oyendo —el señor Evers apretó un botón de un intercomunicador que tenía delante—. ¿Es usted del FBI?

Contesté negativamente. Iba a seguir hablando cuando se abrió la puerta del despacho y entró la misma mujer que me había acompañado minutos antes.

—Llévese a este hombre, señorita Bailey —dijo Evers secamente—. Acompáñelo hasta el ascensor.

Intenté que rectificase su decisión avisándolo de que si discutía el asunto con Nero Wolfe lo peor que podía ocurrir sería la pérdida del contrato, y añadí que, evidentemente, eso no tenía remedio y que si existía alguna posibilidad de evitarlo... A pesar de mis esfuerzos, por la expresión de su rostro, me di cuenta de que estaba perdiendo el tiempo. Evers se disponía de nuevo a pulsar el botón... y vi que ya no tenía ninguna posibilidad de persuadirlo. Me levanté y salí de la sala. La señorita Bailey me seguía los pasos. Tuve que afrontar calladamente que éste no era uno de mis mejores días.

Ya fuera, vi que un hombre salía de la cabina del ascensor, cuyo rostro no me resultaba del todo desconocido. En un caso en el que trabajé hace un año había coincidido con un agente secreto federal llamado Morrison. Y allí estaba. Nuestras miradas se cruzaron y cuando encajaron nuestras manos, comentó: —Vaya, vaya... ¿Nero Wolfe utiliza ahora lo último en avances electrónicos? —Su cordial sonrisa se convirtió en una mueca.

—Tratamos de no perder mecha. Estamos instalando un sistema de espionaje en cierto edificio de la calle Sesenta y Nueve —seguí hasta el ascensor y apreté el botón—. Queremos poner toda la carne en el asador y no ahorrar en medios para que todo salga de primera.

Él se echó a reír por cortesía sabiendo lo peligroso que era que las nuevas tecnologías se difundiesen más allá de sus oscuros deseos. Según Morrison, al final los suyos se verían obligados a hablar en clave para preservar lo que nadie tenía derecho a arrebatarles.

Cuando llegó el ascensor, entré en la cabina y la puerta se cerró. Ciertamente no era un buen día para mí, no tanto porque no había llegado a nada positivo con Evers, sino más bien, y esto me preocupaba bastante, por un inicio tan fatal. Cuando salí a la calle, para dirigirme hacia la parte alta de la ciudad, tenía la sensación de ir arrastrándome...

Ya habían pasado más de veinte minutos. Al se había marchado. A aquella hora no había problemas para conseguir un taxi en la Primera Avenida. Levanté el brazo cuando pasó uno. Entré y di una dirección a su conductor.

4

A LAS ONCE MENOS CUARTO DE LA NOCHE de aquel miércoles, sumido ya en un profundo pesimismo, subí la corta escalera de entrada a la casa de piedra rojiza, y toqué el timbre. La cadena estaba puesta. Esperé a que Fritz me abriera. Nada más pisar el vestíbulo, me preguntó si me apetecía un guisado de pato que acababa de calentar. Le lancé una triste negativa y me dirigí pesadamente al despacho después de dejar sombrero y abrigo en el perchero.

Wolfe, y su ancho cuerpo, se hallaba acomodado ante su mesa, en el sillón expresamente construido para él, apto para soportar un peso equivalente a la séptima parte de una tonelada. Sobre una bandeja se veía una botella de cerveza y un vaso moteado de espuma. Leía con gesto complacido su última extravagancia, *El tesoro de nuestra lengua*, de Lincoln Barnett. Me acerqué a mi escritorio, hice girar el sillón y me senté. Sabía que mi jefe sólo se dignaría levantar la vista al terminar el párrafo que estaba leyendo.

Y así ocurrió. En la última página leída intercaló el punto de libro, una fina lámina de oro de forma alargada, regalo agradecido de uno de sus clientes de antaño.

Finalmente, dejó el libro sobre la mesa. —Has cenado, ¿verdad?

—Pues no —crucé las piernas—. Perdone, no puedo parar el juego constante de mis extremidades inferiores. Comí algo graso, no recuerdo qué, en un tugurio del Bronx. No ha sido...

—Fritz ya te está calentando ese guisado de pato y...

—Le he dicho que no quería comer nada. He pasado un día decepcionante. Hacía tiempo que no me ocurría. Haré un informe completo y luego me iré a la cama con ese sabor a grasa tan desagradable en la boca. Para empezar...

—¡Maldita sea! ¡Tienes que cenar!

—Pues creo que no me apetece. El cliente, en primer lugar...

Le expliqué todo al pie de la letra. Empecé por los dos hombres en el automóvil aparcado. Le informé de que había anotado el número de matrícula. Como era habitual, enriquecí mi relato con algunas opiniones: 1) sería una pérdida de tiempo estúpida la comprobación del número de la matrícula; 2) deberíamos eliminar de nuestra lista a Sarah Dacos, y guardar, eso sí, su número por si nos era necesario en el futuro, y 3) el trapo sucio de la familia Bruner todavía se mantenía oculto.

Cuando me levanté para entregar a Wolfe el documento que había firmado la señora Bruner, no hizo ningún esfuerzo para leerlo, y se limitó a pedirme que lo guardara en la caja fuerte.

Le expliqué también detalladamente mi entrevista con Evers, incluyendo también a Morrison, para ver qué cara ponía Wolfe. Opiné que yo no había enfocado bien la charla, pues hubiera debido decirle que nosotros poseíamos una información secreta, que él no tenía ni podría conseguir, agregando que estábamos en condiciones de ejercer ciertas presiones para salvar su contrato con la esperanza de vernos recompensados por nuestra labor si lográbamos el objetivo. Desde luego, el paso implicaba algún riesgo, pero puede que le hubiera hecho cambiar de actitud. Wolfe denegó con un movimiento de cabeza, manifestando que en dicha posición resultábamos demasiado vulnerables. Me levanté, girando en torno a una mesa, con el fin de acercarme al estante en que se hallaba el diccionario. Encontré en él lo que buscaba y regresé a mi sillón.

—«Que puede ser herido o recibir lesión, física o moralmente». Éste es el significado del vocablo «vulnerable». Sería un desatino ser más vulnerables de lo que ahora somos. Pero deja que acabe de explicarle toda mi jornada... dediqué toda la tarde en localizar a Ernst Müller, acusado de transportar a través de las líneas fronterizas objetos robados, el cual está actualmente en libertad bajo fianza. Se comportó peor que Evers, si cabe, pues creyó que la mejor idea de recibirme era con una cucharada de jarabe de palo. Además estaba acompañado, con lo cual tuve que reaccionar rápidamente. No tengo muy claro si finalmente le he roto un brazo. Más tarde...

—¿Y tú, estás herido?

—Por ahora, sólo en mis sentimientos. Tras haber engullido la grasa salí en busca de Julia Fenster, una mujer juzgada por delito de espionaje y posteriormente puesta en libertad. Estuve casi toda la noche tras ella. Al final, encontré a su hermano, pero ella se ha esfumado, y él es un tipo raro. Estoy decepcionado de haber sacado tan poco de un día entero de trabajo. Para mí es un verdadero récord. Y tenga en cuenta que me he dedicado a los tres personajes que ofrecían mejores perspectivas. Me siento demasiado cansado para oír ahora sus planes para mañana. Así que los pondré debajo de mi almohada.

—Quizás sería mejor que consultes tu estómago —argumentó Wolfe—. Ya que no quieres comer el guisado de pato, tómate una tortilla, por lo menos.

—No.

—Un poco de caviar, entonces. El último que hemos recibido es muy fresco.

—Ya sabe que a mí el caviar me gusta mucho. Lamento despreciar un manjar tan exquisito, pero no es el momento adecuado.

Wolfe se sirvió un vaso de cerveza esperando pacientemente que el nivel de espuma descendiera un par de centímetros. A continuación, se la llevó a los labios, pasó la punta de la lengua por ellos y me miró.

—Archie... Con todo esto que me estás contando, ¿pretendes que tome la decisión de devolver el dinero que su dueña nos ha adelantado?

—No quiero gastar mis fuerzas en algo que no tengo ni una remota posibilidad de conseguir.

—Pues entonces deja de decir tonterías. Te estás dando cuenta de que nos hemos hecho cargo de un trabajo que, desde la lógica pura, hay que calificar de absurdo, e incluso de ridículo. Ambos sabemos que es así. Por otra parte, dudo de que las sugerencias facilitadas por el señor Cohen nos sirvan para iniciar nuestra investigación... Aunque, pensándolo mejor, quizás hay una probabilidad de sacar provecho. En todas las acciones hay algo de casual, de fortuito y no me equivoco si en ésta también podemos esperar algo parecido. Estamos a merced de los avatares de la diosa Fortuna. Será mejor rendirse a sus deseos y no imponer nuestros preceptos. Carezco de programa para mañana, pues todo dependía en cierta manera de lo que sucediera hoy, y por lo que veo hemos desperdiciado el día. Intuyo que alguien tiene que haber pasado a la acción. Mañana sucederán otras cosas; o la semana próxima, quizá. Estás cansado y hambriento, Archie. ¡Maldita sea! ¡Come algo, hombre!

Moví la cabeza. —¿Mañana, qué?

—Nos pondremos a trabajar a primera hora. Por esta noche ya hay más que suficiente. —Nero volvió a coger su libro.

Al levantarme, le di una leve patada al sillón. Cogí el papel que había quedado sobre mi mesa y lo deposité en la caja de caudales. A continuación fui a la cocina para servirme un vaso de leche. Fritz se había ido ya a la cama. De hecho ni el ofrecimiento de Wolfe del caviar ni el mío propio de la leche me satisficieron lo suficiente, así que volví a verterla en la botella. Luego, cogí otro vaso y la botella de Old Sandy. Me serví unos tres dedos de licor y me lo bebí de un solo trago. Me liberó de la grasa que todavía paladeaba o de una reminiscencia de ella. Antes de comprobar si la puerta posterior de la casa había quedado bien cerrada bebí otros tres dedos de aguardiente. A continuación enjuagué los vasos, subí las escaleras y me encaminé a mi habitación, para despojarme de mi pesado traje y vestirme un ligero pijama. Me quité los zapatos, que sustituí por mis cómodas zapatillas.

Al ver la manta eléctrica sobre la cómoda me apeteció utilizarla, pero de inmediato rechacé la idea. En momentos como éste, el hombre ha de rechazar las blanduras y hacer acopio de fuerzas para que prevalga la dureza de espíritu. De ahí que decidiera cargar con la almohada, las sábanas y la manta, bajar las escaleras y entrar en el despacho. Me dirigí hacia el diván, aparté los cojines, y extendí sobre él las sábanas. Cuando estaba desplegando la manta me sobresaltó oír la voz de Wolfe.

—No te acabo de entender, Archie. ¿Qué estás haciendo?

—Yo no —me volví hacia él mientras seguía preparándome para pasar la noche—, pero usted sí que ha leído el libro. Esa gente se mueve con rapidez y seguro que saben qué podemos ofrecer. En el archivo hay cosas sustanciosas... Además está la caja de caudales...

—¡Bah! No seas exagerado. Además, no puedo imaginarme ver la caja de caudales abierta después de haber volado por los aires.

—No se crea que recurrirán a un método tan primitivo. Me parece que le convendría ponerse al día en avances electrónicos.

Wolfe se levantó y después de desearme las buenas noches salió del despacho con *El tesoro de nuestra lengua* bajo el brazo.

El jueves por la mañana me desperté esperando que cuando Fritz bajara del dormitorio de Nero Wolfe con la bandeja del desayuno me pasase un recado para que subiera y recibir así las instrucciones pertinentes. Pero no sucedió nada parecido. Por lo tanto, como mi jefe no saldría del invernadero hasta las once, concentré mi atención en las tediosas tareas cotidianas. Más o menos a las diez todo empezó a tener un cariz normal.

La manta y las sábanas habían sido devueltas a mi habitación. Ya había desayunado y también había estado hojeando un buen rato el *Times*. Seguidamente ordené el correo del día, ya abierto y bajo un pisapapeles sobre la mesa de Wolfe. Fritz fue informado de cuál era el nuevo escenario para todos, y eso lo intranquilizó, como era normal y habitual en él. Tenía una memoria de elefante y se acordaba con pelos y señales de la noche en que los proyectiles de una ametralladora desde el otro lado de la calle habían bombardeado el invernadero, rompiendo centenares de cristales, haciendo trizas docenas de orquídeas... Estaba convencido de que yo había dormido en el despacho porque mi habitación daba a la calle Treinta y Cinco y temía que se repitiese la desagradable experiencia. Le expliqué que mi idea no era refugiarme, sino vigilar. Fritz no me creyó, y no ahorró ni una palabra para transmitirme su malhumorada opinión.

En el despacho, después de haber abierto el correo, lo único que me quedaba por hacer era malgastar el tiempo. El tedio se rompió con una llamada telefónica para Fritz. Lo llamaba un vendedor de pescado. Escuché la conversación y no noté nada que me hiciese pensar que la línea podría estar intervenida. Pero, no cabía duda, lo estaba. Los técnicos habían hecho un buen trabajo. Los avances tecnológicos arreglaban todo de manera que cualquiera pudiese hacer lo que se le antojara, al mismo tiempo que nadie sabía a qué atenerse. Saqué mi bloc de notas de uno de los cajones y comencé a estudiar los datos que Lon Cohen nos había facilitado, haciendo cábalas sobre las diversas posibilidades de enfocar el caso.

Contabilicé hasta catorce anotaciones, de las cuales cinco, por lo menos, no daban lugar a dudas... Tres de ellas nos habían ofrecido algunas pistas, aunque sin obtener resultado alguno. Quedaban seis, que calibré una por una. Decidí que la más prometedora —es decir, la menos desalentadora— giraba en torno de una mujer que había sido despedida de un departamento estatal, pero más tarde había recuperado su empleo. Me disponía a coger la guía telefónica de Washington, para comprobar si su nombre figuraba en ella, cuando sonó el timbre de la puerta.

Me dirigí al vestíbulo para mirar por el cristal de la puerta, transparente sólo por un lado. Pensaba que estaba a punto de enfrentarme con un desconocido, o con más de uno, y que sería una visita de esas de puerta fría. Posiblemente sería Morrison. Pero, no. En los peldaños de la entrada había una cara bien conocida: la del doctor Vollmer, que tiene su consulta en una casa de su propiedad situada un poco más abajo de la nuestra. Le abrí la puerta, al tiempo que lo saludaba y lo invitaba a pasar. Su entrada trajo una bocanada de aire fresco, casi helado. Mientras cerraba, le informé de que si buscaba ampliar su clientela tendría que haber visitado la casa vecina. Extendí una mano y me dio su sombrero.

El doctor reaccionó sagazmente ante una más de mis bromas hacia sus pacientes. —No te preocupes, Archie, tengo bastante con los clientes que me visitan hoy por hoy. Parece que todo el mundo se ha puesto de acuerdo para ponerse enfermo al mismo tiempo. Lo que ocurre es que me han pasado por teléfono un recado para ti. Era un hombre. No me dio sus apellidos y me rogó que te diera personalmente el mensaje. Tienes que presentarte en el Westside Hotel, habitación número doscientos catorce, en la calle Veintitrés, a las once y media o lo antes que te sea posible. Ha insistido en que te asegures ante todo de que nadie te sigue.

Enarqué las cejas. –Un mensaje realmente misterioso, ¿no?

–Lo mismo pensé yo. Además me pidió que fuese reservado, tanto tú como yo.

–Eso ni lo dude. ¿Qué más dijo el desconocido? –consulté mi reloj de pulsera: eran las diez y cuarenta y siete minutos.

–Nada más. Luego, el hombre me preguntó si estaba dispuesto a venir a verte únicamente para transmitirte el mensaje.

–Habitación número doscientos catorce, Westside Hotel.

–Eso es.

–¿Observó algo extraño en la voz del hombre?

–No distinguí nada particular. Se expresaba en un tono mesurado: ni alto ni bajo. Era el tono de una voz normal de hombre.

–Muy bien, doctor. Se lo agradezco. Pero necesito que me haga otro favor ahora... Hemos aceptado un caso un tanto complicado y es más que probable que alguien se interese por la razón de su visita. Si se le acercan...

–Diré que me llamaste para que echase un vistazo a tu garganta.

–Mejor que busquemos otra excusa. Sabrán que a mi garganta no le ocurre nada, y que yo no lo telefoneé. Han intervenido nuestra línea, y estoy convencido de que si alguien se entera de que estamos recibiendo mensajes por parte de usted no tardarán ni un minuto en intervenirle también su teléfono.

—¡Dios mío! Intervenir teléfonos es más que ilegal... ¡es inmoral!

—Así resulta más divertido. Si alguien le pregunta algo, haga como si se indignase, como si las cosas que les pasan a sus vecinos le importasen un bledo. Aunque tampoco no sería mala idea inventarse que vino a vernos para tomarle a Fritz la presión sanguínea... Pero... no ha traído los instrumentos necesarios. Usted vino por...

—Vine para que me pasase la receta de los *escargots bourguignonne*. Prefiero eso, que no tiene nada que ver con mi profesión —el doctor Vollmer se dirigió hacia la puerta—. ¡Dios mío, Archie! Sí que debe ser complicado el asunto en que andáis metidos...

Tenía toda la razón. Le di de nuevo las gracias y él me dio recuerdos para Wolfe. Cuando cerré la puerta no me preocupé de echarle la cadena porque pensaba marcharme en seguida. Fui a la cocina, y le comenté a Fritz que era él quien había dado al doctor Vollmer la receta de los *escargots bourguignonne*. Seguidamente pasé al despacho, para llamar al invernadero con el convencimiento de que nadie podía haber intervenido un intercomunicador casero. Me contestó Wolfe y le dije lo que había ocurrido.

Gruñó ostensiblemente y me preguntó:—¿Tienes alguna idea?

—En absoluto. Aunque no creo que sea cosa del FBI. ¿Por qué habrían de intervenir de este modo...? Mis últimas gestiones, sin embargo, pueden haber removido algo que nos ha pasado desapercibido. Quizás alguna cosa relacionado con Evers, con la señorita Fenster, con Muller, incluso. ¿Hay instrucciones?

—¡Uf! —contestó Wolfe, y colgó. Admito que me lo merecía.

Ante mí, una disyuntiva: de entrada, debía localizar al individuo que me seguía y luego tenía que deshacerme de él. Pero lo primero es lo primero. Tendría que buscar un modo de llegar con puntualidad al lugar de la cita. Y no dejaba de lado que todo fuese cosa de Ernst Muller, quien quizás se había enojado por su brazo retorcido, y pretendía devolverme el cumplido. Sin más excusas, saqué mi Marley 38, la cargué y la enfundé en la pistolera del hombro. Fui a la caja fuerte y cogí del compartimento de reserva un billete grande y varios pequeños para abastecerme de munición suficiente.

Dejé la casa a las once menos un minuto. Sin echar ni un vistazo a mi alrededor, me dirigí a un drugstore en la esquina de la Novena Avenida, entré en él y me metí en una de las cabinas telefónicas. Marqué el número del garaje de la Décima Avenida en el que Wolfe deja su Heron, un sedán de su propiedad que yo conduzco. Tuve que esperarme unos breves minutos para poder hablar con Tom Halloran, un empleado que trabaja allí desde hace más de diez años, y le expliqué el programa de festejos. Me hizo saber que en cinco minutos estaría preparado. Pensando que con cinco no tendría suficiente, antes de marcharme me entretuve repasando la estantería en la que se exponían las últimas novedades de libros de bolsillo. Seguidamente volví a la calle Treinta y Cinco y dejando atrás la casa de piedra rojiza, doblé hacia la Décima Avenida, entré en la oficina del garaje, la atravesé y me acerqué a un Ford Sedán. Tom ya lo había puesto en marcha y me esperaba acomodado detrás del volante. Subí a la parte posterior, me quité el sombrero y me tumbé en el suelo. Acto seguido, el vehículo arrancó.

Aquel modelo de Ford tenía espacio suficiente para las piernas de un pasajero. Lo que ocurre es que el ingeniero que lo diseñó no pensó también en albergar a un hombre de un metro y ochenta y tres centímetros que no tenía vocación de contorsionista. Pasé, pues, un mal rato. Tras cinco minutos de trayecto comencé a sospechar que Tom se iba parando y giraba bruscamente sólo con la idea de comprobar mi resistencia. Pasé el suplicio como bien pude. Cuando mis costillas estaban al límite y sentía que las piernas se me entumecían progresivamente, el automóvil se detuvo por sexta vez. Tom con voz decidida dijo: —Muy bien, señor Goodwin. Vía libre.

—¡Ya me gustaría salir! Consigue una palanca y sácame de aquí, Tom.

Se le escapó una sonrisa. Haciendo un penoso esfuerzo levanté la cabeza y los hombros. Me agarré al borde del asiento para terminar de levantarme. Seguidamente, me encasqueté el sombrero. Nos hallábamos en la calle Veintitrés con la Novena Avenida.

—¿Hasta qué punto estás seguro? —inquirí.

—¿No voy a estarlo? ¿Qué oportunidad le hemos dado a su probable seguidor?

—Es maravilloso. Pero la próxima vez procura proveerte de una ambulancia. Ahí dentro, en cualquier rincón, es posible que encuentres algún trozo de mi oreja. Guárdatelo como recuerdo.

Tom me preguntó si había algún trabajo más para él y yo le contesté que no. Más tarde le daría las gracias. El hombre se fue.

El Westside Hotel, en el centro de la manzana, no era exactamente un depósito de basuras, pese a que alguien lo habría calificado de tal. Evidentemente, andaba necesitado de reformas, pese a que un par de años atrás la fachada había sido remodelada y el vestíbulo modificado. Al entrar en el establecimiento me desentendí de todo y de todos, incluido un botones de cabeza calva, dirigiéndome al ascensor.

Pulsé el botón de subida. Al salir de la cabina me acerqué a la puerta más próxima para ver el número correspondiente. Advertí que, instintivamente, mi mano derecha se perdía debajo de la chaqueta, acariciando la culata de mi Marley. Sonreí. Si era J. Edgar Hoover quien me aguardaba, lo mejor sería que se comportara, pues corría el peligro de salir malparado. Pasillo abajo, a la izquierda, vi que la puerta de la habitación número 214 se hallaba cerrada. En mi reloj eran las once y treinta y tres minutos. Llamé, oí un rumor de pasos y la puerta se abrió. Erguí el cuerpo, ensayando una mirada impertinente. Pronto fijé la vista en la redonda y rojiza cara del inspector Cramer, de la Brigada de Investigación Criminal de la zona sur.

—Es usted puntual —gruñó—. Entre.

Se echó a un lado, cediéndome el paso.

Mis ojos registraron involuntariamente la habitación... Vi la cama de matrimonio, la cómoda con su espejo, dos sillas, la mesa, con un bloc que reclamaba ya el cambio, una puerta abierta que daba al cuarto de aseo... Sucedía esto mientras yo me iba reponiendo de la impresión sufrida.

Después, mientras dejaba encima de la cama el sombrero y el abrigo, sufrí otra gran sorpresa. Encima de la mesa vi un recipiente con leche y un vaso. ¡Dios Santo! Aquello era para el invitado. No encuentro palabras de reproche para quien no me crea. Yo también me mostré incrédulo en aquel instante. Pero la realidad es algo que no se puede negar.

Cramer se acomodó en una silla de brazos, preguntándome a continuación: —¿Lo han seguido hasta aquí?

—Seguro que no. He obedecido sus instrucciones.

—Siéntese.

Me acerqué a la otra silla libre.

—¿Está intervenido el teléfono de Wolfe?

Nuestras miradas se cruzaron.

—Bueno, no salgo de mi asombro. Si me hubieran dado la oportunidad de imaginarme quién me iba a encontrar hoy aquí, sin duda su nombre hubiese sido el último de la lista. ¿Es para mí la leche?

—Sí. Beba.

—Estoy realmente desconcertado. Empiezo a sospechar que ni usted mismo es el inspector Cramer, dada su forma de actuar. ¿Por qué desea saber si nuestro teléfono está intervenido?

—Porque mi intención es que las cosas se arreglen lo antes posible y para ello tiendo a complicarlas cuanto menos mejor. Me gustaría saber si hubiese podido simplemente telefonearlo para qe viniera aquí.

—Pues sí. Pero si me hubiese dado una oportunidad para mostrar mi opinión me habría decantado por ir a dar una vuelta los dos juntos.

Cramer asintió. —Muy bien. Lo que pretendo es estar bien informado antes de actuar, Goodwin. Sé que Wolfe tiene algún asunto con el FBI y espero que usted me ponga al día de este enredo. Tengo todo el tiempo del mundo. Así que no saldremos de esta habitación hasta que me lo explique.

Sacudí la cabeza. —Me parece que se está excediendo.

El inspector Cramer explotó. —¡Maldita sea! ¿Se cree que habernos encontrado en este hotel no es algo que se sale de lo normal? Pero, ¿no se da cuenta de lo que estoy haciendo?

—No. No puedo explicarme qué propósitos lo mueven a hacer lo que está haciendo.

—Pues voy a contárselo. Con los años que llevo en este trabajo he llegado a conocer a todos los que convivimos en este mundillo de la investigación. Sé muy bien cuál es su estilo. Sé que se atreven con todo, tanto usted como Wolfe, pero también intuyo cuáles son sus limitaciones... Escúcheme bien... Hace dos horas que me ha telefoneado el comisario. Ha recibido una llamada de Jim Perazzo... Supongo que usted ya sabe usted quién es Jim Perazzo.

—Claro que sí. Del servicio de licencias del Departamento de Estado, en Nueva York. Broadway, doscientos setenta.

—Pues bien. Perazzo ha recibido órdenes de parte del FBI de retirarles sus licencias profesionales y espera que el comisario le pase toda la información que yo pueda recopilar contra ustedes. Mi superior sabe perfectamente que en los últimos años Wolfe, usted y yo hemos mantenido contacto y desea que le facilite un informe completo y por escrito. Ya conoce este tipo de papeleo y que todo depende del tono que se le quiera dar. Antes de redactar mi informe me gustaría saber qué es lo que Wolfe ha hecho o está haciendo para promover el acoso y derribo a que el FBI quiere someterlo. Deseo, y creo que después de mi explicación lo comprenderá, un resumen completo de la situación actual.

En ocasiones como la que me había venido encima, es de mucha ayuda ocupar las manos en alguna cosa que contribuya a mantener la concentración, como, por ejemplo, encender un cigarrillo (lástima que yo no fumo) o sonarse la nariz. Lo único que se me ocurrió fue coger el cartón de leche, abrir la solapa y verter cuidadosamente parte de su contenido en el vaso. Analizando las evidencias, estaba claro que podría haberme llamado por teléfono, o se podría haber desplazado hasta la casa de Wolfe. Pero si no lo había hecho es porque sabía perfectamente que el teléfono estaba intervenido y la vivienda vigilada. Por consiguiente, no quería que el FBI estuviese enterado de aquel contacto, puesto que con ello sólo hubiera conseguido meterse en problemas. Resultaba ridículo que un inspector de policía estuviese hablando del FBI, de Perazzo y del comisario a un detective privado. Estaba claro que Cramer no deseaba que nosotros perdiéramos nuestras respectivas licencias oficiales. La cuestión era averiguar lo que le preocupaba. En situaciones similares, ya me hubiese puesto en contacto con Wolfe, cosa que no haría, pese a que según mis instrucciones podía obrar como mi experiencia me dictase en casos de emergencia.

Por tanto, Wolfe quedó por ahora al margen. Sorbí un poco de leche, dejé el vaso sobre la silla y dije: —Si usted está dispuesto a saltarse alguna que otra norma, yo también. Esté atento...

Se lo conté todo: la conversación con la señora Bruner y el pago de nuestros servicios por adelantado, la velada de Lon Cohen, mi charla con la señora Bruner y Sarah Dacos, mi visita a la Evers Electronics, mis contactos con Ernst Muller y Julia Fenster y mi traslado al despacho de Wolfe en lugar de pasar la noche en mi cama... No me detuve en cada detalle, pero no dejé nada importante en el tintero. Fui contestando las preguntas que Cramer me hizo sobre la marcha. Al terminar mi relato, ya no quedaba leche y él había terminado otro de sus cigarros. A Cramer no le gustan puros. Su afición preferida es masticarlos.

Apartándose el cigarro de la boca, me dijo: —Así pues, los cien mil dólares son suyos, pase lo que pase.

—Y además —añadí sonriente— tiene preparado también un cheque para mí.

—No me extraña que Wolfe haya aceptado, dado su carácter egoísta. Lo de usted me sorprende más, pues sabe perfectamente que al FBI no se le puede atacar. No se atrevería con ellos ni la Casa Blanca. Pese a ello, no repara esfuerzos en embrollarse más y más incluso recurriendo a ciertos individuos faltos de toda ética profesional. No creo que vaya por el buen camino y tiene muchos números en esta lotería macabra en la que le pueden hacer ganador de un destino fatal. Ha perdido la chaveta, ¿verdad, Archie?

Escurrí el cartón de leche hasta la última gota. —No se lo voy a negar, Cramer, tiene usted más razón que un santo, se mire por donde se mire. Hace una hora, no habría modificado ni una coma de su punto de vista. Ahora, si quiere que le sea sincero, lo veo todo con otros ojos. Anoche, no sé si antes se lo he mencionado, Wolfe manifestó que existía la posibilidad de que alguien hubiese sido inducido a pasar a la acción, y ahora veo hasta qué punto tenía razón. Primero han movido pieza espoleando a Perazzo, quien, a su vez, no ha perdido un minuto en ponerse en contacto con su comisario, el cual, por su parte, ha reclamado sus servicios para sacarnos de en medio. La cadena sigue... Usted me ha hecho venir aquí solo, y me ha hecho un obsequio inaudito... un cuarto de litro de leche, algo auténticamente increíble. Cuando alguien se sorprende, puede provocar sorpresa en otra persona. Así pues, ¿está dispuesto a responder a una pregunta?

—Claro.

—Ni Nero Wolfe ni yo somos santos de su devoción. Entonces, ¿por qué desea pasar al comisario un informe que dificulte la supresión de nuestras licencias profesionales?

—En ningún momento he dicho que iba a hacer eso.

—Fruslerías —señalé el recipiente de la leche—. Esto habla por sí solo, al igual que las circunstancias por las cuales ahora estoy aquí. ¿Dígame qué está pasando, inspector Cramer?

Cramer se levantó sin hacer ruido, se encaminó a la puerta de puntillas, sin hacer ruido, considerando su edad y volumen. La abrió de pronto, asomándose al pasillo. Una prueba evidente de que no se fiaba de que no me hubiesen seguido hasta allí. Cerró la puerta y se deslizó hasta el cuarto de baño. Abrió el grifo que empezó a hacer un ruido estrepitoso para acallar nuestras palabras. Vino con un vaso lleno de agua, lo dejó sobre la mesa, mirándome con los párpados entrecerrados.

—Soy agente de policía desde hace treinta y seis años, y ésta es la primera vez que trato de arrojar la carga que pesa sobre mis hombros sobre los de un extraño.

Le devolví su mirada con una leve sonrisa. —Me siento realmente halagado y estoy convencido de que Nero Wolfe alberga hacia usted los mismos sentimientos.

—No sea bobo, Goodwin. Le voy a contar algo de lo que sólo se tienen que enterar usted y el señor Wolfe. Dejemos al margen a Lon Cohen, a Saul Panzer, y a Lily Rowan, ¿de acuerdo?

—No acabo de entender por qué añade a la lista a la señorita Rowan, una amiga particular, y menos aún que me cuente algo de lo que no puedo sacar partido.

—No se preocupe. Hará buen uso de ello. Sólo le pido que olvide que se lo he contado yo. Más vale que lo distribuya con la máxima discreción.

—Conforme. A pesar de que el señor Wolfe no está presente, le doy su palabra de honor y la mía de que seremos discretos.

—Muy bien. Gracias a su prodigiosa memoria, no será preciso que tome notas. ¿Le suena el nombre de Morris Althaus? —Cramer deletreó el apellido.

Asentí. —Suelo leer los periódicos. Es protagonista de un caso que ustedes no consiguieron aclarar. Un disparo en el pecho. El suceso tuvo lugar durante los últimos días de noviembre. No se encontró el arma.

—Ocurrió un viernes por la noche, el veinte de noviembre, para ser más precisos. Encontró el cadáver una de las mujeres de la limpieza a las ocho de la mañana siguiente. El tipo murió entre las ocho de la noche del viernes y las tres de la madrugada del sábado. Recibió un único y certero disparo en el pecho. El proyectil le atravesó un pulmón y le salió por la espalda, tras astillarle una costilla, y prosiguió su trayectoria hasta empotrarse en la pared aproximadamente a un metro y veinticinco centímetros del suelo. Había perdido fuerza y no se introdujo lo suficiente en ella. El cadáver estaba tendido de espaldas, y sus piernas habían quedado abiertas. Tenía el brazo izquierdo pegado al cuerpo y el otro cruzado sobre el tórax. Iba vestido, en mangas de camisa, pero sin chaqueta. Sin señales de desorden a su alrededor, no encontramos indicios de lucha en el lugar del crimen. Como colofón, usted ya lo ha indicado, no se encontró arma alguna. ¿Voy demasiado deprisa?

—No.

—Cuando haya algo que quiera que le precise, deténgame. Esto sucedió en el cuarto de estar de su apartamento, en la tercera planta del número 63 de la calle Arbor: dos habitaciones, cocina y baño. Hacía tres años que vivía allí, él solo. Tenía treinta y seis años de edad. Era escritor y a lo largo de los últimos cuatro años había redactado siete trabajos para la revista *Tick-Tock*. Iba a contraer matrimonio el próximo mes de marzo con una muchacha, Marian Hinckley, de veinticuatro años, que trabaja en dicha revista. Bueno, no tengo más detalles, pero podría ampliarlos si pidiese el informe oficial del caso. Sin embargo, en él sé que no se dice nada en absoluto de los movimientos del tal Morris, ni de sus amistades o colaboradores, nada destacable.

—Una curiosidad: ¿cuál es el calibre del proyectil?

—Curiosidad viva la suya. Allí no encontramos la bala.

—¡Vaya! Un crimen perfecto, por lo que veo —exclamé abriendo los ojos con sorpresa.

—Sí. Un crimen muy medido. El asesino lo ha planeado a sangre fría, probablemente. A juzgar por el tamaño de la herida, presuponemos que la bala es del treinta y ocho. Aún me quedan un par de comentarios... El primero: ya hacía tres semanas, Althaus había estado reuniendo materiales para escribir un artículo sobre el FBI, que saldría en la revista *Tick-Tock*. En el apartamento no fueron hallados papeles sobre el tema, nada en absoluto. El segundo: alrededor de las once de la noche de aquel viernes, tres hombres del FBI salieron de la casa de la calle Arbor. Tras doblar la esquina se metieron en un automóvil, y se alejaron de allí rápidamente.

Estaba paralizado, mirando atentamente al inspector Cramer. Existen varias razones para mantener la boca cerrada, pero la mejor es no tener nada que decir.

—Así que ellos lo asesinaron —manifestó el policía—. ¿Era ésta su intención inicial? Me parece que no. Se me ocurren diversas hipótesis sobre lo ocurrido, pero a mi entender hay una que destaca en detrimento del resto: llamaron por teléfono a la casa de Althaus. Como nadie contestó, pensaron que había salido. Ya delante de la puerta del piso, pulsaron el timbre y nadie les respondió. Forzaron la cerradura y entraron en el apartamento. Althaus sacó un arma, pero uno de los agentes se le adelantó, efectuando un disparo certero. Desde Washington han recibido órdenes muy claras de lo que debían hacer ante cualquier situación... Cogieron lo que buscaban y desaparecieron, llevándose el proyectil. Así borraban del escenario toda prueba que vinculase lo ocurrido con una de sus pistolas.

Mi parálisis continuaba. Cramer nunca había tenido un oyente más atento...

—¿Iba armado Althaus? —pregunté.

—Eso parece. Una Smith & Wesson del treinta y ocho, de la cual tenía una licencia vigente. No se encontraba allí. Debieron de llevársela sin que sepamos por qué. En un cajón de la mesilla de noche había una caja de municiones casi entera.

Reflexioné unos instantes. —Así pues, descubrieron ustedes lo sucedido. Vaya, vaya... Los felicito por su sagacidad.

—No se burle, Goodwin.

—¿Quién vio a los agentes saliendo de la casa?

Cramer hizo un movimiento denegatorio con la cabeza.

—Ésa es una información absolutamente confidencial. El nombre de la persona en cuestión no le serviría de nada. Los vio salir, meterse en el coche y marcharse. Tuvo tiempo sólo de anotar el número de la matrícula del vehículo. Y ésos son los datos que nos facilitó. No tenemos mucho margen de movimiento. Ya sé que querría que le diera nombres de las personas de las que le he estado hablando, pero de nada le servirían sin pruebas definitivas de todo lo ocurrido. Yo mismo estaría dispuesto a ceder la paga de un año al que me chivase la identidad de aquellos agentes. Estoy realmente cabreado... Esta ciudad no les pertenece; es mi deber... el nuestro, ocuparse de ella... del Departamento de Policía de Nueva York. Se han pasado de la raya en demasiadas ocasiones. ¿Pero qué se han creído? ¿Creen acaso que pueden entrar impunemente en las casas de los ciudadanos, y cometer un asesinato en mi territorio y reírse de mi?

—¿Se han burlado de usted?

—Sin duda. Me desplacé hasta la calle Sesenta y Nueve, y pedí entrevistarme con Wragg. Le informé de mi suposición según la cual ellos sabían que Althaus se dedicaba a recoger materiales para un trabajo suyo. Seguramente habían discutido con él la noche en que fue asesinado. Le solicité su colaboración si mi hipótesis era la cierta, pero Wragg, ante mi sorpresa me contestó que estaba demasiado atareado para dedicarme su atención. No le dije que alguien los había visto. Se hubiera echado a reír a carcajadas. Transmití la cuestión al despacho del comisario donde fue debatida extensamente, pero nada más que eso. En estos momentos, pues, no puedo hacer nada. Estoy atado de pies y manos. Mi impulso sería acusar a este atajo de depredadores, pero poca cosa podríamos probar ante un jurado. ¿Qué nos queda entonces? ¿Quedarnos al margen por ahora? No, ésa no es mi intención. Lo que pretendo es redactar primero un informe sobre Wolfe y usted para el comisario. Luego me entrevistaré con él. Le hablaré. No creo que pierdan ustedes sus licencias. Ahora bien, no pienso poner a mi superior al tanto de nuestra reunión.

Cramer se puso de pie, se dirigió a la cama, cogiendo su sombrero y su abrigo. –Acábese la leche. Estoy convencido de que la señora Bruner será correspondida con un trabajo impecable. –Tendiéndome su mano derecha, dijo: –Feliz Año Nuevo.

–Igualmente. –Me levanté y le di la mano–: ¿La persona que los vio podría identificarlos?

–¡Por el amor de Dios, Goodwin! ¿Tres contra uno?

–Ya lo sé, ya lo sé... Pero, si fuese necesario, ¿podría?

–Seguramente. Le he informado de todo lo que tenía que decirle. No cometa la imprudencia de venir a verme. Tampoco me telefonee. Concédame ahora unos minutos antes de salir usted. –El inspector Cramer se acercó a la puerta, desde la cual se volvió para agregar–: Salude cordialmente a Wolfe de mi parte.

La puerta se cerró bruscamente. Yo me levanté y apuré el vaso de leche.

5

ERAN LAS DOCE Y VEINTE MINUTOS cuando salía del vestíbulo del Westside Hotel. Me sentía entumecido y tenía ganas de estirar las piernas. Sabía que nadie me seguía, y caminar sin la desagradable compañía de alguien que te pisa los talones me proporcionaba una impresión maravillosa. Por otro lado, de momento no quería romperme los sesos analizando la conversación con Cramer. Prefería andar sin rumbo, aprovechando el sol que iluminaba este poco habitual día de invierno. El viento era inapreciable. Crucé en dirección a la Sexta Avenida para luego girar hacia el sur.

En el instante de pasar por Washington Square me interrogué sobre la curiosa coincidencia del hecho que la calle Arbor estuviese en el Village y que Sarah Dacos viviese allí también. La verdad es que en el Village habitan doscientas cincuenta mil personas, y en mi vida ya me había encontrado con otras coincidencias mucho más fantásticas. Esta forma de pensar no es extraña en mí, así que no pienso salir en mi defensa por ello.

La calle Arbor no me era desconocida. Con anterioridad la había frecuentado, pero con un objetivo que nada tiene que ver con esta historia. Es una vía estrecha, de sólo tres bloques de casas de largo y viejos edificios de fachadas de ladrillos ya muy desgastados, a ambos lados. El número 63, que quedaba hacia el centro, tenía las cortinas corridas. Allí, en el tercer piso, Morris Althaus había vivido. Allí había sido asesinado. Me dirigí a la esquina donde los agentes del FBI habían dejado su coche. Todos mis movimientos eran automáticos. Aunque distraído, el instinto profesional me pedía escudriñar el escenario del crimen. Esta actitud me ayuda, a veces. Bueno. Me sirve a mí, pero no a Wolfe, quien no sería capaz de comportarse como yo en parecidas circunstancias. Me moría de ganas de subir al tercer piso para echar un vistazo al cuarto de estar, aunque al mismo tiempo mi estómago empezaba su tradicional concierto antes de la hora de comer, de manera que retrocedí hasta la calle Christopher, donde requerí los servicios de un taxista.

La razón de querer volver a casa para comer estaba relacionado con la necesidad de cumplir la regla de que durante las comidas no se debía hablar de trabajo. Fritz me abrió la puerta a la una y veinte minutos. Dejé sombrero y abrigo en la percha. Encontré a Wolfe sentado ya a la mesa. Mientras me acomodaba frente a él, hice un pequeño comentario acerca del tiempo. Su respuesta fue un gruñido antes de engullir un bocado de mollejas braseadas. Fritz me pasó la fuente y yo me serví una minúscula porción. Empezaba a sentirme un poco incómodo y le quería demostrar que a veces ciertas reglas son estúpidas. Hay costumbres que permiten gozar de un plato, pero estropear una comida. No me estropeó la mía, pero no hubo mucha conversación. De todas maneras, había otra razón para no hablar.

Nos levantamos al unísono y le rogué que me acompañase a la planta baja porque quería enseñarle una cosa. Seguimos adelante por el vestíbulo, torcimos a la derecha y bajamos las escaleras. En la planta baja hay diversas habitaciones: Fritz tiene su habitación y baño; también hay un pequeño almacén y un gran cuarto con una mesa de billar y un sillón grande sobre una tarima. Este salón es el preferido de Wolfe cuando nos reunimos con Saul Panzer. Así puede estudiarnos a placer tanto a él como a mí, cuando cogemos los tacos, lo cual acostumbra a pasar una vez al año. Alargué el brazo, encendí el interruptor y le hablé

—Su nuevo despacho. Espero que sea de su agrado. Es prácticamente imposible que esa gente sea capaz de infectar este sitio de micrófonos sin meterse previamente dentro. Tome asiento, por favor.

Me apoyé en el borde de la mesa, frente al gran sillón.

Nero Wolfe me miró con sus ojos centelleantes. —¿Me estás tomando el pelo?

—Es posible... El inspector Cramer me dio muy afectuosos recuerdos para usted. Me había preparado un inesperado cartón de leche, estrechamos nuestras manos y nos felicitamos el año nuevo con educados parabienes.

—¡Bobadas!

—Veo que no se acaba de creer que era Cramer la persona con la que me encontré en el hotel.

—¿Cramer?

—Sí.

Wolfe subió a la tarima y se sentó. —Explícame —me espetó.

Le respondí con claridad y sin atropellos porque quería estar seguro de que no se me olvidaba nada. Si hubiéramos estado en su despacho, se hubiera recostado en el sillón y cerrado los ojos. Pero el sillón que ocupaba no le permitía tales expansiones. Más bien, lo obligaba a permanecer erguido. Durante los últimos diez minutos estuvo escuchándome con los labios apretados, no sé si por lo que iba oyendo o por la irritación que pudiera producirle su asiento, o ambas cosas a la vez. Terminé con el relato de mi breve paseo, confesándole que cualquier persona desde las ventanas de los dos edificios opuestos o alguien paseando un perro podría haber visto a los asesinos saliendo del número 63 y doblar la esquina para dirigirse hasta el coche, del cual no hubiese tenido ningún problema en anotar la matrícula... En la esquina había una luz.

Wolfe aspiró profundamente y resopló ruidosamente a continuación. –Nunca hubiera podido figurarme que Cramer tuviese tan poco cerebro.

No se lo podía discutir. Tenía toda la razón.

–Soy consciente de que realmente lo parece, pero antes que yo se lo dijese, él no sabía por qué el FBI nos está pisando los talones. Suponía solamente que nosotros nos habíamos vuelto locos y que les habíamos declarado la guerra por algún motivo. Sin duda se hallaba ante un crimen que no entendía y que no les podía atribuir; de ahí que haya decidido cedernos a nosotros el testigo y que descubramos qué ocurrió. Por mucho que le cueste, debe reconocer que es halagador que haya pensado en nosotros para que lo saquemos del atolladero. Y se ha tomado muchas molestias para que sea así. Lo cierto es que tras hablarle de la señora Bruner tampoco cambió de opinión. Quizá a estas horas ya se lo ha pensado bien y se ha dado cuenta de que hay algo en esta historia que no acaba de encajar... Supongamos que se produce un milagro y que usted consigue culpar del crimen a esos agentes, de una manera irrebatible. Esto no va a compensar el dinero que ha pagado su cliente. Lo que la ayudaría, y nosotros nos ganaríamos dignamente nuestros honorarios, es si pudiese decir a los agentes: «Yo me olvido del crimen si ustedes a su vez, se olvidan por completo de la señora Bruner». A Cramer no le gustaría eso, en absoluto. No es ésa su manera de hacer las cosas. Y pactar con criminales tampoco forma parte de su estilo, ¿verdad? ¿Le parece adecuada esta visión de cómo están las cosas?

Wolfe gruñó de nuevo. Usas los pronombres personales muy a la ligera, ¿no?

–Muy bien, cambie por «nosotros». Tampoco es mi estilo.

Wolfe sacudió la cabeza, tensando las comisuras de sus labios.

Su reacción me crispó.—¿Por qué sonríe ahora?

—Medito una alternativa. Has dicho que sería una estupidez afirmar que el FBI mató a ese hombre. Muy bien. Entonces, quizás, lo que deberíamos hacer es aunar pruebas para demostrar que no fueron ellos.

—¿Y eso?

—Pues no sé, veremos —Nero Wolfe extendió sus brazos y me mostró expresivamente la palma de sus manos—. ¿Qué ves, Archie?... Nada, ¿verdad? Pues eso es lo que tenemos ahora. Visto lo visto, las informaciones que Cohen nos ha facilitado no nos sirven de nada. Las podemos tirar a la papelera sin remordimiento alguno. Debemos, pues, esmerarnos en este diamante en bruto que nos ha ofrecido el inspector Cramer: un caso de asesinato sin resolver, en el que el FBI está metido hasta el cuello. Al margen queda si han sido o no los agentes los autores del crimen. Este nuevo escenario es un reto para nuestras inteligencias, Archie. Para empezar necesitamos averiguar con toda seguridad quién mató a Morris Althaus. Tú viste qué cara puso Cramer mientras hablaba, oíste su tono durante la conversación. ¿Crees que está satisfecho de que el FBI se haya metido en este asunto?

—Me parece que sí.

—¿Y cree actuar justamente adoptando esa postura?

—Él piensa que sí, aunque no quiere decir que igualmente se sienta indignado. Los califica de pandilla, puñado de desalmados... Después de enterarse de que los tres agentes secretos federales habían estado en el lugar del crimen a la hora crítica calibró, quizá, otras probabilidades. Es un buen policía y de haber existido otra pista convincente la habría seguido, pero, según parece, no tenía ninguna otra más que ésta. Y si Althaus era ya cadáver en el momento en que entraron en el piso, ¿por qué los agentes del FBI no lo reflejaron así cuando redactaron el informe? Anónimamente, claro, pero prefirieron no hacerlo y eso quiere decir algo. Y tenemos la cuestión de la bala. Generalmente la mayoría de los criminales desconocen que el proyectil, después de atravesar el cuerpo de la víctima, puede acabar dando en la pared; y ya es de experto proceder a su búsqueda, localizarlo y llevárselo. Esta información debería ser utilizada por Cramer, o, por lo menos, lo ayuda a afianzarse en su hipótesis.

Wolfe preguntó frunciendo el ceño: —¿Quién es ese señor Wragg que mencionó Cramer?

—Richard Wragg, un agente federal, ostenta un cargo importante en Nueva York. Está encargado del caso.

—¿Crees que el señor Wragg sabe que Althaus pudo morir a consecuencia de un disparo efectuado por uno de sus hombres?

—No tengo ni idea. Si quiere se lo pregunto. Él no se encontraba en la escena del crimen y lo único que puede hacer es suponer que uno de ellos lo hizo. Su experiencia le permitirá hacerse una composición de los hechos sin dar crédito a puntos de vista desaforados. ¿Importa tanto este dato?

—Podría importar bastante.

—Pues supongo que Wragg piensa que puede haber alguna probabilidad que esta hipótesis sea cierta, o bien está realmente informado de que uno de los agentes mató a Althaus. Otro tema es que no creo que Wragg negase su colaboración a Cramer. Al FBI le agrada ayudar a los policías *normales* cuando no se juegan nada o si no corren ningún riesgo de perder su prestigio... Wragg tenía claro que Cramer no habría dicho nada si su gente, sin ser invitada, hubiese hecho una visita al piso de Althaus. Así pues, no sería nada extraño que Wragg incluso guardase la bala homicida en uno de los cajones de su mesa de trabajo.

—¿Qué opinas? ¿Estás de acuerdo con el señor Cramer?

—Viniendo de usted, ésta es una extraña pregunta. Ni a usted ni a mí nos gusta lanzar campanas al vuelo en balde. A lo mejor resulta que quien mató a Althaus fue el dueño del piso, harto de reclamar una y otra vez el alquiler que le debía.

Nero asintió. —Por ahí es por donde hemos de orientar nuestros pasos. Vas a empezar ahora mismo y por donde te parezca mejor. Por su familia, si quieres. Recuerdo que el padre de la víctima, David Althaus, se dedica a la confección de prendas femeninas.

—Pues bien, hacia la Séptima Avenida —me deslicé del borde de la mesa, y me puso en pie—. Deduzco que nosotros preferimos la hipótesis de que Althaus no fue asesinado por un agente secreto federal, así pues me imagino que podemos descartar el material que había ido reuniendo sobre el FBI.

—Nuestro deber es tenerlo todo en cuenta —replicó Wolfe, apretando las mandíbulas—. Y no dudes en informarme de todo aquello que creas que me pueda interesar. No me importa si la noticia viene de hombre o mujer...

—No dude de que lo haré, por la cuenta que me trae. Mi primera parada será en la *Gazette*, para escudriñar en el archivo. Quizás Lon puede recopilar hechos que no hayan sido publicados. Pero no sé que voy a hacer si decido invitar a alguien a venir aquí... La casa está vigilada por todos sus flancos. ¿Cómo voy a arreglármelas para hacerlos entrar y salir?

—Entrarán y saldrán por la puerta principal. Que corra la noticia de que estamos trabajando en un caso que no tiene nada que ver con el FBI. Es lo que el señor Wragg dijo al inspector Cramer. Y por una vez éste no podrá objetar nada.

—Entonces... ¿ya no tengo que preocuparme de si me siguen o no?

—No.

—¡Qué descanso! —comenté.

6

EN MI RELOJ ERAN LAS CUATRO y treinta y cinco minutos cuando entré en un local situado cerca de la Grand Central Station. Consulté la guía telefónica de Manhattan, entré en una cabina telefónica, cerré la puerta y marqué un número.

Entre los archivos de la *Gazette* y los informes verbales de Lon Cohen, había llenado una docena de páginas de mi bloc de notas. Si me detuviera en todos los detalles, resultaría un informe demasiado largo, de manera que transmito exclusivamente lo que se necesita saber para poder hacerse una composición exacta de los hechos. He aquí los nombres principales:

Morris Althaus, de 36 años, muerto; un metro y ochenta centímetros de estatura; 78 kilos de peso; complexión robusta, aspecto cuidado. Buena fama entre los hombres y mejor entre las mujeres. Tuvo un *affaire* amoroso entre 1962 y 1963 con una celebridad teatral, cuyo nombre no puedo citar aquí y ahora. Ganaba con su profesión de escritor más de diez mil dólares anuales. Probablemente, sus ingresos se habían visto incrementados por la madre, sin que el padre tuviese conocimiento de semejante hecho. Se desconoce cuándo exactamente él y Marian Hinckley decidieron casarse. Lo que se sabe es que Morris estuvo durante bastante tiempo sin frecuentar otras mujeres. En su apartamento se encontró una novela inacabada de trescientas ochenta y cuatro páginas escritas a máquina. Nadie en la *Gazette*, ni siquiera Lon, se atrevía a opinar sobre la autoría del asesinato. Antes de que sucediera, nadie estaba enterado de que se dedicaba a recoger documentación para un trabajo sobre el FBI. Lon creía que aquello era un perjuicio para el periodismo en general y para el personal de la *Gazzette* en particular. Al parecer, Althaus había ido con pies de plomo en lo referente a su proyecto.

David Althaus, padre de Morris, de 60 años aproximadamente; socio de la firma Althaus and Greif, confeccionistas de vestidos de la línea Peggy Pilgrim. David había soportado mal que Morris, su único hijo, hubiese dejado en la estacada a «Peggy Pilgrim». Era el principal motivo de un distanciamiento que duraba ya algunos años.

Ivana Althaus, esposa de David. Desde un principio se había negado a recibir a los periodistas. Siete semanas después de la muerte de su hijo continuaba decidida a vivir totalmente aislada. Sólo se veía con unos pocos amigos íntimos.

Marian Hinckley, de 24 años, había formado parte de la plantilla de la revista *Tick-Tock* durante casi dos años. En el archivo había fotografías suyas que explicaban el interés que Althaus había concentrado en ella. También se había negado a hablar con los periodistas, pero al final un tipejo del *Post* le arrancó una entrevista, dejando fuera de lugar a la *Gazette*. A esta revista le dolió tanto el desaire que no se sabe cómo, entre las paredes de la redacción, se incubó la hipótesis de que Marian Hinckley había disparado a Althaus porque ella pensaba que su novio la engañaba. Afortunadamente esta teoría no cuajó.

Timothy Quayle, de 40 años aproximadamente, redactor jefe de *Tick-Tock*. Hablo aquí de él porque se había enfadado desmesuradamente con un periodista del *Daily News* que intentó acorralar a Marian Hinckley en el vestíbulo del edificio en que se hallaban las oficinas de la mencionada revista. Su reacción me merece, por lo menos, cierta atención.

Vincent Yarmack, de unos 50 años, ocupaba un cargo similar al de Timothy Quayle en *Tick-Tock*. Fue él quien le encargó a Althaus su trabajo relacionado con el FBI.

Estas notas no me ayudan a atar cabos... estuve observando detenidamente la figura de la celebridad teatral. Su aventura con Althaus había terminado hacía más de un año. Además, mi experiencia como investigador me había enseñado que las actrices mejoraban a partir de la quinta o sexta fila. Los dos redactores jefes eran totalmente descartables. En el padre no había, probablemente, ni que pensar. Marian Hinckley debía de ser inabordable. La madre, sin duda, me lo pondría más fácil... Así que busqué en la guía su número de teléfono y la llamé desde la misma cabina.

De entrada veía ya difícil conseguir que se pusiese al habla. Por eso no di mi nombre a la mujer que contestó. Fui lacónico y con un tono solemne, le pedí que comunicara a la señora Althaus que le estaba hablando desde una cabina pública, acompañado de un hombre del FBI. Le dejé claro que era urgente intercambiar puntos de vista. Mi instinto de seducción volvió a triunfar: a los dos minutos llegó a mis oídos una voz nueva.

—¿Con quién hablo? ¿Es usted agente del FBI?

—¿Señora Althaus?

—Sí, soy yo.

—Me llamo Archie Goodwin. No soy agente del FBI. Trabajo para Nero Wolfe, el investigador privado. No hay ningún hombre del FBI conmigo en la cabina. Está detrás de mí porque me sigue. Me vigila y me seguirá hasta su casa, pero eso me tiene sin cuidado si a usted tampoco le importa. Necesito verla... ahora si le es posible. El tiempo apremia.

—No recibo visitas de nadie.

—Lo sé, y respeto su decisión. ¿Ha oído hablar alguna vez de Nero Wolfe?

—Sí, lo conozco por lo que se explica de él en la prensa.

—Una persona de su confianza le ha asegurado que su hijo Morris fue asesinado por un agente del FBI. Por este motivo, y no por ningún otro, me están siguiendo, y por eso también necesito verla. Si no tiene inconveniente me paso por su casa dentro de diez minutos. ¿Ha oído mi nombre? Archie Goodwin.

Silencio. Y finalmente: —¿Usted sabe quién mató a mi hijo?

—No conozco su identidad. Por ahora no sé nada. Mi información se reduce a lo que le han dicho al señor Wolfe. Es cuanto puedo comunicarle por teléfono. Querría proponerle una cosa... Quizás convendría que convocase a esta reunión informal a la señorita Marian Hickley. Estaría bien que fuera informada de todo esto. ¿Podría usted telefonearla para que viniese y así poder charlar con las dos?

—Sí, desde luego. Júreme que usted no es periodista. Espero que no me esté usted engañado.

—No, se lo prometo. No se confunda. Cuando llegue me identificaré. Recuerde... Mi nombre es Archie Goodwin.

—Muy bien.

Colgué el teléfono antes de que pudiese cambiar de opinión.

Al salir de casa había decidido hacer un esfuerzo para olvidar a mis perseguidores. Mi instinto anduvo más ligero, ya que, al salir a la calle a la búsqueda de un taxi libre, no pude evitar que mis ojos diesen un repaso a las filas de coches aparcados. Sin embargo, cuando ya estaba a la altura de la Avenida Madison conseguí hacerlos desaparecer de mi mente.

El edificio era la clásica colmena de Park Avenue de los años 80 con entoldado y alfombra de goma hasta el vestíbulo para salvaguardar la moqueta. El portero se precipitó para abrir la puerta al ver detenerse el taxi. Cuando le enseñé mi licencia de investigador privado al conserje, el hombre la examinó atentamente, devolviéndomela a continuación, al tiempo que me notificaba que la vivienda que buscaba estaba en el décimo piso. Me acerqué al ascensor.

En el décimo piso fui recibido por una mujer uniformada. Se quedó con mi sombrero y abrigo, que dejó en un armario empotrado. Tras cruzar una arcada pasé a una habitación más grande que la de Lily Rowan, una verdadera sala de baile para más de cuarenta personas. No puedo evitar hacer una prueba con la gente que dispone de estos espacios. Ni las alfombras, ni los muebles, ni las cortinas... Me fijo especialmente en los cuadros que cuelgan de las paredes. Si identifico al autor, bien. Si no me atrevo a pronunciarme sobre qué representan, si sólo soy capaz de hacer conjeturas, significará que hay que vigilar a los propietarios. Aquel cuarto aguantó muy bien mi test. Mientras contemplaba un lienzo en el que aparecían tres chicas sentadas sobre la hierba, debajo de un árbol, oí un rumor de pasos a mi espalda y volví la cabeza.

La señora Althaus se acercaba. No me ofreció su mano. En voz suave y extremadamente baja dijo: —¿Es usted el señor Goodwin? Soy Ivana Althaus —y se sentó.

Era una figura menuda y enjuta. Toda ella respiraba honestidad: proporciones corporales, cabellos grises, ojos de vacilante expresión. Cogí otra silla para colocarme delante de la dueña de la casa, y me pedí a mismo ser lo más honesto posible con ella. La señora Althaus me dijo que Marian Hinckley no tardaría en llegar, pero que prefería no esperar. Estaba ansiosa por saber: me había oído afirmar por teléfono que su hijo había sido asesinado por un agente del FBI. ¿Era así?

—No todo es como puede parecer en un principio. —Le indiqué que una persona se lo había dicho al señor Wolfe y le aclaré que mi jefe era un tipo realmente excéntrico. Tiene una fijación especial contra el Departamento de Policía de Nueva York. Lamenta la persecución de este organismo contra él y contra su trabajo. Está harto de sus interferencias. Una de sus aficiones preferidas es pasarse las veladas leyendo las informaciones sobre delitos, crímenes y otras fechorías en los periódicos. Hace un par de semanas se le ocurrió pensar que la policía y el fiscal del distrito habían abandonado el caso de su hijo, señora Althaus. Después, cuando se enteró de que su hijo había estado recogiendo documentación para un artículo sobre el FBI, sospechó que esta desidia podría ser una estrategia premeditada. Vio en todo ello una oportunidad para poner en evidencia a la policía. ¡No hay cosa que le complacería más!

La señora Althaus me miraba inmutable casi sin parpadear.

—No teníamos ningún caso entre manos y decidió empezar a hacer algunas llamadas para ver si se enteraba de algo. Descubrimos una cosa, un hecho que se había guardado en secreto. Según parece, la policía no encontró en el apartamento de su hijo nada acerca del FBI, ni documentos, ni notas... Quizás usted ya se habrá enterado de todo esto.

—Sí, claro

—Me lo imaginaba. Igualmente, hemos continuado recopilando más información, que por ahora debemos mantener en secreto. Usted comprenderá... El señor Wolfe desea reservársela para cuando otras piezas encajen. Pero ayer por la tarde una persona le comunicó que sabía que su hijo había sido asesinado por un agente del FBI, lo cual cuadraba con sus datos. Mire... Le aseguro que la persona que nos ha facilitado la información es de fiar, aunque siento decirle que no puedo darle su nombre ni contarle todos los detalles. Lo que nos ha dicho es convincente, aunque no constituye una prueba definitiva. Por este motivo, el señor Wolfe querría obtener todos los detalles posibles, que quienes vivieron cerca de su hijo están en condiciones de aportar. Hay gente, por ejemplo, a la que pudo haber contado cosas reservadas sobre el FBI de las que se había enterado. Naturalmente, usted es una de esas personas y también la señorita Hinckley. Y el señor Yarmack. El señor Wolfe me ha dicho que le deje claro que no está buscando un cliente ni unos honorarios. Se ha interesado en este asunto por su cuenta y riesgo y no espera retribución de ninguna clase.

Los ojos de aquella mujer continuaban fijos en mí. Su mente, sin embargo, se esforzaba en reflexionar, considerando detenidamente algo.

—No veo por qué... —comenzó a decir de pronto, para volver a sumirse en su mutismo.

Esperé unos segundos. Y luego dije: —¿Siga, por favor, señora Althaus?

—No veo por qué no he de decírselo a usted. Siempre sospeché que hubiera sido el FBI el autor de la muerte de mi hijo, pese a que el señor Yarmack me comunicó que la policía no había hallado en el apartamento nada que vinculase el asesinato con dicha organización. No soy una persona vengativa, señor Goodwin, pero es que se trata... —a punto de resquebrajarse su voz añadió—, se trata de mi hijo. Todavía tengo que hacer esfuerzos para acostumbrarme a la idea de su ausencia. ¿Lo conoció usted? ¿Habló alguna vez con él?

—No.

—Es usted detective, ¿verdad?

—Sí.

—Espera que lo ayude a encontrar a... Usted quiere localizar al culpable de la muerte de mi hijo. Muy bien. Voy a hacerlo. Sin embargo, ¿de qué va a servirle mi colaboración? Seguramente todo será en vano. Morris apenas me hablaba de su trabajo. Ni siquiera recuerdo que mencionara alguna vez el

FBI. Sobre esto me han hecho preguntas la señorita Hickley y el señor Yarmack. Siento no poder decirle nada acerca de ello; lo siento muchísimo, porque si es verdad que esa gente lo mató, espero que reciba el castigo correspondiente. En el Levítico se puede leer: «No te vengarás»... Pero Aristóteles señaló que la venganza era justa. Ya ve usted que he dado muchas vueltas a este tema. Mi sincera opinión es que...

Volvió la cabeza para mirar hacia la arcada. Se había oído el rumor de una puerta al cerrarse y unas voces. Entonces apareció una joven. Al aproximarse, yo me puse de pie. La señora Althaus continuó en la misma posición. Las fotografías de la *Gazette* no revelaban la realidad, no estaban a la altura de las circunstancias. Marian Hinckley era un bombón. Sus cabellos tenían un color castaño delicioso, que contrastaba con sus ojos azules. Si llevaba sombrero, probablemente lo había dejado en la entrada. Se movía con una naturalidad insultante. Besó a la señora Althaus en la mejilla, y se volvió hacia mí cuando le dijo quién era yo. Me resultó realmente difícil dejar de alterarme, pero tomé de inmediato la postura de verla desde el punto de vista que se merecía la situación... profesionalmente. En el momento en que la señora Althaus invitó a Marian Hinckley a tomar asiento, yo le acerqué una silla.

Fue curioso el tono que la joven utilizó con la madre de Morris:

—No sé si he comprendido bien lo que usted me dijo por teléfono... ¿Nero Wolfe ha averiguado que... fue el FBI? ¿Es cierto eso?

—Me parece, Marian, que será mejor que sea el señor Goodwin quien proceda a comunicarte las explicaciones oportunas —respondió la señora Althaus.

Aludí a los tres puntos más destacables del asunto. Señalé por qué Wolfe se hallaba interesado en él; qué era lo que le había hecho sospechar que ocurría algo extraño y cómo sus recelos habían sido reforzados por lo que una persona le había contado el día anterior. Mencioné intencionadamente que él no sabía que el culpable fuera el FBI, más que nada porque hasta ahora era un hecho imposible de probar. Sin embargo, era ésta la principal razón de que yo estuviera aquí.

La señorita Hinckley me observaba con el ceño fruncido.

—No acabo de entenderlo... ¿El señor Wolfe ha comunicado a la policía lo que esa persona le dijo?

—Me parece que no me he expresado bien —respondí—. Él cree que la policía sigue una pista que les lleva directamente a saber que fue el FBI, o por lo menos a sospechar que fueron ellos quienes cometieron el asesinato. Por ejemplo, Wolfe querría saber si ustedes han percibido que la policía los vigila o que de vez en cuando reciben visitas suyas con la sutil intención de repetir una vez más los mismos interrogatorios. Señora Althaus...

—No.

—Señorita Hinckley...

—No. En su día ya declaramos todo lo que sabíamos.

—No se fíe. En la mayoría de las ocasiones, cuando se realizan pesquisas relativas a un crimen, si los investigadores no dan con un camino convincente insisten en lo que tienen más a la mano. Y aquí esta teoría se confirma... Necesitamos datos preciosos sobre este dato. Según la señora Althaus, usted y el señor Yarmack piensan que fue el FBI quien mató a Morris. ¿Es correcta su opinión?

—Sí. Sí que lo es. Es realmente curioso que en el apartamento no quedase ningún documento sobre el FBI.

—Pero, ¿hasta qué punto estaba usted enterada de que en el piso había información de ese tipo? ¿Sabe acaso qué descubrió finalmente en los archivos que anduvo consultando?

—No. Morris no me hablaba nunca de esas cosas.

—¿Y Yarmack?

—No lo sé. Yo diría que tampoco sabe nada.

—Perdone, señorita Hinckley, pero no veo claramente cuál es su postura: ¿desea usted que la justicia localice y castigue debidamente a la persona que dio muerte a Morris Althaus?

—Desde luego que lo deseo. No tenga ninguna duda de eso.

Me volví hacia la señora Althaus.

—Y usted, no cabe decirlo, piensa lo mismo. Hay motivos para afirmar que el criminal no será capturado jamás, a menos que se ocupe de ello Nero Wolfe. Quizás hayan oído que éste no visita a nadie... es totalmente cierto. Les rogaría, pues, que se desplazaran hasta su casa. ¿Podrían ustedes y el Sr. Yarmack ir a verlo esta noche a las nueve?

—Pues... —la señora Althaus se frotó las manos nerviosamente—. Yo no... ¿Qué lograríamos yendo a verlo? Yo no tengo nada que decirle.

—No lo subestime. Estoy convencido de que le aportará alguna cosa que usted no puede ni imaginarse. A mí me ocurre esto con frecuencia con el señor Wolfe. Los necesita a cada uno de ustedes, incluso si no lo ayudan en nada. Prométanme que irán.

—Supongo... —La señora Althaus se quedó con la mirada fija en el rostro de la muchacha que seguramente, de no haber muerto Morris, se habría convertido en su nuera.

—Sí —respondió la señorita Hinckley—. Cuente conmigo.

De buena gana la hubiera abrazado. Esto habría sido la mejor recompensa por mi trabajo.

—¿Podría usted convencer al señor Yarmack de la importancia de hacer esta visita? —le pregunté.

—Lo veo difícil, pero lo intentaré.

—Perfecto —me levanté de un brinco—. Nuestra dirección

figura en la guía telefónica. –Mirando a la señora Althaus, añadí–: Debo decirle que es casi seguro que el FBI vigila la casa y que esos hombres verán que ha venido a hacernos una visita. Si a usted eso no le quita el sueño, a Wolfe mucho menos. No debería extrañarles que ande metido en un caso como el de Morris. Ya saben su debilidad por los asesinatos y su resolución. Quedamos a las nueve, ¿de acuerdo?

La mujer hizo un gesto afirmativo y yo me marché. En el vestíbulo, la sirvienta se presentó con mi abrigo. Me ayudó a ponérmelo, a lo cual no me negué aunque me resultó ligeramente violento por lo inusual de la acción. Al abrirme la puerta, el portero, por la mirada que me echó, deduje que el conserje le había dicho quien era yo. Intuí que era de aquellos que no debían tener a los detectives en un nivel avanzado del escalafón evolutivo y por ello lo obsequié con una aguda y cautelosa mirada.

Afuera la nevada iba ya empezando a hacer estragos. Llamé un taxi, y de vuelta a casa me desentendí de nuevo de la persona que pudiera estar siguiéndome.

Wolfe acababa de bajar de los invernaderos, donde conservaba sus orquídeas. (Tras el descanso que seguía el almuerzo solía dedicar a las plantas un par de horas, entre las cuatro y las seis.) Cómodamente instalado en su sillón, leía *El tesoro de nuestra lengua.*

Levantó la vista y, en lugar de verme pasar hasta mi mesa, observó que me había parado en el umbral y que enfáticamente le señalaba hacia abajo con el dedo índice. Di la vuelta y me encaminé a las escaleras que conducían al sótano. Entré y encendí la luz. Me quedé inmóvil. Dos, tres, cuatro minutos. Acercándose, un rumor de pasos. Wolfe se paró en la puerta. Sus ojos refulgían, y entonces dijo: –No estoy dispuesto a tolerar esto.

Alcé una ceja. –Podría escribirlo.

—Dos comentarios. Primero: el riesgo que nos estén escuchando es extremadamente leve. Segundo: en caso afirmativo, podemos usarlo en provecho propio. Mientras me hables intercala los comentarios o declaraciones que te plazcan. Si tengo que mostrarme en desacuerdo, notifícamelo levantando un dedo. Yo procederé igual. Sobre todo, evitemos mencionar a Cramer, sería demasiado arriesgado... Lo más importante es que ofrezcamos una conclusión de que fue el FBI quien mató a Morris Althaus, y que les dejemos claro que nos proponemos establecer su culpabilidad.

—Lo cual, en realidad, no es cierto.

—Claro que no.

Wolfe dio media vuelta y se fue.

Mientras subía las escaleras me dije que su idea se merecía que me quitase el sombrero; sería una bomba de relojería si se habían atrevido a instalar micrófonos en el sótano. De nuevo en el despacho, Nero Wolfe se había sentado nuevamente ante su mesa y yo me acomodé tras la mía.

Como si nada, preguntó: —¿Qué tal?

Hubiera debido levantar un dedo. Nunca gasta saliva preguntándome eso cuando vuelvo de patear las calles investigando cualquier pista que él ha esbozado. Normalmente, se limita a dejar encima de la mesa el libro de turno que está leyendo, o la jarra de cerveza. Así me demuestra que ya está listo para escuchar lo que le diga.

Yo levanté un dedo. —Creo que no ha atinado en su suposición de que en la *Gazette* estaban trabajando sobre la hipótesis de asesinato a cargo de los agentes del FBI. Bajé el dedo—. Lon Cohen no ha dicho nada sobre ello. Y yo no he oído nada. Me permitieron examinar los archivos y charlé con la gente de la casa. Conseguí hacerme con una docena de cuadernos llenos de nombres y detalles, varios de los cuales puede que nos sean útiles. —Levanté el dedo—. Voy a pasarlo todo a máquina según la tarifa pactada de cinco dólares por página. —Bajé el dedo—. A continuación entré en un establecimiento para hacer una llamada a la esposa de David Althaus. Me dijo que estaba dispuesta a recibirme y fui a su casa a uno de esos edificios de Park Avenue que datan de 1880. Su apartamento en la planta décima está decorado como era de esperar. Los cuadros, pasables. La dueña, se la reservo a su imaginación. No se la describo, tiene que verla. Cita el Levítico y también a Aristóteles —dedo arriba—. Yo estuve a punto de citar a Platón, pero me di cuenta de que habría metido la pata—dedo abajo—. En la misma llamada le pedí que avisase a Marian Hinckley para que fuera a su casa y poder interrogarlas a ambas. Me contestó que vendría enseguida. Manifestó haberme oído decir por teléfono que su hijo había sido asesinado por un agente del FBI, y me preguntó si su interpretación había sido correcta. A partir de este momento preferiría ofrecerle una versión al pie de la letra de nuestra entrevista.

Se la facilité consciente de que yo no había declarado nada que pudiese ser mal recibido por el FBI. Nero Wolfe se había recostado, como de costumbre, en su sillón, con los ojos entrecerrados. No estaba en disposición de hacerle señas con los dedos, de manera que me fue imposible formular comentarios o insertar otras cosas.

Cuando acabé mi relato emitió un gruñido. Abrió los ojos para decir: —La cosas pintan mal cuando uno se entera de que hay una aguja en el pajar...

Sonó el timbre de la puerta. Sigilosamente fui hacia el vestíbulo para echar un vistazo y vi ante la entrada a un agente secreto federal. No lo conocía; su aspecto lo delataba: edad adecuada, anchas espaldas, mandíbula firme, abrigo gris oscuro... Abrí la puerta los cinco centímetros permitidos por la cadena y pregunté: —¿En qué puedo ayudarlo, señor?

Fuera de sí, emitió un chillido desde el otro lado de la estrecha abertura. —¡Soy Quayle y quiero ver a Nero Wolfe!

—Deletree su apellido, por favor.

—¡Timothy Quayle! ¡Q-u-a-y-l-e!

—Creo que el señor Wolfe no podrá atenderlo en estos momentos. Espere aquí unos instantes.

Me acerqué a la puerta del despacho.

—Está aquí uno de los nombres que tengo apuntados en mi bloc de notas: Timothy Quayle, redactor jefe de la revista *Tick-Tock*. Un tipo del género valiente... Se enfrentó con un reportero que estaba molestando a Marian Hinckley. Ella debe de haberle hablado de usted nada más irme yo.

—No, ahora no —gruñó Wolfe.

—Faltan treinta minutos para comer. ¿Lo hago pasar o prefiere acabar algún capítulo extremadamente interesante?

Nero me fulminó por enésima vez con su mirada. —Hazlo pasar.

Regresé al vestíbulo, solté la cadena y abrí la puerta. Timothy Quayle entró, sin más. Mientras cerraba la puerta, el visitante me preguntó si yo era Archie Goodwin. Correspondí a sus palabras con un gesto afirmativo. Tras hacerme cargo del abrigo y del sombrero, lo acompañé al despacho. Había dado ya tres pasos en su interior cuando se detuvo, mirando a su alrededor. Con los ojos fijos en Wolfe, preguntó inquisitivamente: —¿Ha oído usted mi nombre?

Wolfe asintió. —Usted es el señor Quayle.

El visitante avanzó hacia la mesa. —Soy amigo de la señorita Marian Hinckley. Quiero saber qué clase de juego lleva usted entre manos. Exijo una explicación.

—¡Bah! —exclamó Wolfe, despectivo.

—¡Nada de eso! ¿Qué es lo que se propone?

—Esto es ridículo —manifestó Nero—. Me agrada que los ojos de las personas que se dirigen a mí estén al mismo nivel que los míos. Si ha llegado hasta aquí sólo para decir sandeces, el señor Goodwin se encargará de ponerlo de patitas en la calle. Le sugiero que se siente y que me hable en otro tono. Si me da una explicación aceptable que justifique su proceder, es posible que lo escuche.

Quayle abrió la boca y la cerró de nuevo. Me miró como para valorar si yo era lo suficiente hombre. Me hubiera gustado ocuparme de él y retorcer su brazo hasta que me pidiera perdón por su desfachatez.

Tomó asiento, por fin, en el sillón de cuero rojo, mirando con gesto irritado a Wolfe. —Lo conozco —declaró. Su tono no era agresivo, pero tampoco se mostraba muy sociable—. Me han hablado de sus métodos. Si quiere sondear a la señora Althaus para seguir adelante con sus pesquisas, allá ella. Ahora bien, no le permitiré que juegue con la señorita Hinckley. No se lo consiento.

—¡Archie! —saltó Wolfe, muy seco—. ¡Échale ahora mismo! Fritz abrirá la puerta.

Wolfe apretó un botón.

Me situé a medio metro de uno de los brazos del sillón rojo, mirando fijamente al galante defensor de damas desvalidas. Llegó Fritz. Wolfe le ordenó que abriera la puerta de la entrada. A continuación, se marchó.

La situación de Quayle no podía ser más delicada. Situado enfrente de él, me hallaba en condiciones de cogerlo por donde quisiera si decidía levantarse. Sin embargo, mi posición no era muy desahogada. Sacar a un hombre de unos ochenta kilos de peso de un sillón tapizado constituye un pequeño problema... y más aún si la persona que está sentada en él se había adueñado de cada centímetro del asiento. Sus piernas, a pesar de todo, no se hallaban suficientemente adelantadas... Así sus hombros con mis manos, que luego bajé hasta las caderas. Hice descender una hasta los tobillos, mientras la otra ascendía buscando la espalda. Antes de que se diese cuenta yacía de espaldas en el vestíbulo. Ya era demasiado tarde, pero el muy estúpido fue entonces cuando intentó rebelarse. Fritz y yo lo redujimos sin problemas.

—Te lo aviso... Mira cómo está la acera... cubierta de nieve. Yo, si fuera tú, echaría a andar tan pronto como ponga en tus brazos tu abrigo y tu sombrero. Si intentas algo, me adelantaré... conozco todas las tretas que puedas intentar. ¿De acuerdo?

—Sí. ¡Maldito estúpido!

—Mi nombre es Goodwin,* por si te interesa saberlo. Espero que no te sirva para reírte de mí haciendo rimas malsonantes. Por esta vez te dejaré escapar.

Cuando lo solté, Quayle se puso de pie. Fritz le alargó el abrigo, que acababa de coger de la percha.

Pero el hombre dijo: —Quisiera ver de nuevo al señor Wolfe. Deseo preguntarle algo.

—Nada de eso, amigo. Tienes demasiadas malas pulgas. No me gustaría inmovilizarte otra vez, pero estoy dispuesto a hacerlo.

—No será preciso.

—Te sugiero que no te pases de la raya de nuevo.

—De acuerdo.

Cerré la puerta. —Tienes dos minutos. No te sientes. No levantes la voz y no uses palabras de mal gusto. Llévalo con Wolfe, Fritz.

Fritz echó a andar por delante. Yo me quedé cubriendo la retaguardia. Wolfe, gracias a su agudo oído, sabía del cambio de planes. Lo obsequió con una fría mirada cuando se detuvo a escasa distancia de su mesa. Fritz y yo nos quedamos aparte observando los gestos de Quayle.

* Juego de palabras intraducible entre la expresión Goddman goon! (¡Maldito estúpido!) y el apellido Goodwin.

—Deseaba usted que le diera una razón válida. —manifestó Quayle—. Como ya dije, soy amigo de la señorita Hinckley. Todo lo amigo que se necesita ser para que ella se apresurara a telefonearme y me pusiera al corriente de su entrevista con Goodwin, en presencia de la señora Althaus. Le dije que no viniera aquí esta noche, pero lo visitará de todos modos. ¿La cita es a las nueve?

—Sí.

—Pues entonces yo voy a... —Quayle se interrumpió. No. Aquél no era el rumbo a seguir. Le costó trabajo, pero se dominó—. Quisiera estar presente yo también. ¿Aceptaría usted? ¿Puedo quedarme?

—Siempre que sea capaz de dominar sus nervios, sí.

—Por supuesto que soy capaz.

—Ha expirado el plazo de tiempo concedido. —Lo cogí del brazo para llevármelo de allí.

7

A LAS NUEVE Y DIEZ MINUTOS, ya entrada la noche en aquel largo día, fui a la cocina. Wolfe estaba sentado en la mesa del centro y hablaba tranquilamente con Fritz. Discutían acerca del número de enebrinas necesarias para un adobo de carne de venado. Sabiendo que la charla proseguiría indefinidamente si yo no tomaba parte en ella, decidí interrumpirlos diciendo:

—Perdone, Wolfe. Han llegado las visitas. Y hasta más de las que esperábamos. Ha venido también David Althaus, el padre. Es el calvo que está al fondo a su derecha. Al otro lado se ha sentado Bernard Fromm, un abogado. Tiene la cabeza como un melón y la expresión de sus ojos es enérgica.

Wolfe arrugó el entrecejo. —No quiero aquí a ese tipo.

—Ya me lo imaginaba. ¿Quiere que se lo diga?

—¡Maldita sea! —Wolfe se volvió hacia Fritz—. Muy bien, adelante. He dicho tres... Ahora, claro, tú puedes hacer lo que se te antoje. Te advierto, sin embargo, que como eches cinco no pienso ni probarlo... Lo deduciré por el olor. Con cuatro sería aceptable.

Me hizo una seña y fuimos hacia el despacho. Wolfe me seguía a pocos pasos.

Al llegar a la sala, dio la vuelta en torno al sillón de cuero rojo, en el que se había sentado la señora Althaus, y se quedó de pie mientras yo iba recitando los nombres de nuestros invitados. Había dos filas de sillas amarillas. Vincent Yarmack, Marian Hinckley y Timothy Quayle, en la primera.

David Althaus y Bernard Fromm, detrás. De este modo Quayle quedó cerca de mí, lo cual dadas las circunstancias era lo más aconsejable.

Wolfe tomó asiento, escudriñando todos los rostros. Comenzó a hablar: —Debo advertirles de que, a pesar nuestro, unos micrófonos instalados por el FBI van a registrar todo cuanto se diga en esta habitación. El señor Goodwin y yo nos resistimos a creer que hayan sido capaces de proceder de dicho modo, pero hay que admitirlo como posible. Me parece que ustedes...

—¿Por qué habrían de hacer tal cosa? —inquirió Fromm, el abogado, en el tono que hubiera empleado en una audiencia oficial, durante el interrogatorio de un acusado.

—Tenga paciencia, señor Fromm, ya se verá. De todos modos le aconsejo que, si quiere velar por los intereses de su cliente, tenga en cuenta dicha probabilidad, aunque crea que es una exageración infundada. Ahora, he de rogarles que me dispensen. Tengo la intención de hablarles por espacio de unos minutos. Les sugiero que me escuchen atentamente, ya que quiero demostrarles que existe una coincidencia indudable entre sus intereses y los míos. Son ustedes el padre, la madre, la novia y los compañeros de un hombre que fue asesinado hace siete semanas, y cuyo asesino no ha sido descubierto aún. Yo pretendo dar con él. Intentaré dejar sentado que Morris Althaus fue asesinado por un agente del FBI. Esta hipótesis...

Tal declaración dio lugar a dos preguntas casi simultáneas.

—¿Cómo? —inquirió Yarmack.

—¿Por qué? — añadió Fromm.

Wolfe bajó pacientemente la cabeza. —Esta hipótesis descansa sobre dos bases. Hace un tiempo empecé a trabajar en un caso que me llevó a hacer unas pocas investigaciones sobre las actividades del FBI. La respuesta que recibí por parte suya fue un intento de retirarme la licencia de detective privado. Todavía no tengo claro si lo podrán conseguir. Sin embargo, en calidad de ciudadano particular, la ley me autoriza a insistir en unas averiguaciones que me pueden beneficiar personalmente. En interés propio aspiro, desde luego, a hacer ver a todo el mundo que ellos no son los campeones invictos de la ley y la justicia como sostienen. Ésa es una de las bases. La otra radica en las tensas relaciones que sostengo desde hace tiempo con la Brigada de Investigación Criminal, del Departamento de Policía de Nueva York. También ellos han desarrollado ciertas hipótesis, con las cuales muchas veces han obstaculizado mis legítimas actividades. En más de una ocasión me han amenazado con procesarme por ocultar pruebas, o por obstruir la labor de la justicia. Sería para mí una enorme satisfacción corresponder ahora a su actitud, demostrarles que saben o sospechan que el FBI anda complicado en un crimen y que, sin embargo, *obstruyen la labor de la justicia...*

—Habla usted mucho... o demasiado —objetó Fromm—. ¿Puede demostrar cada una de sus palabras?

—Por deducción, sí. La policía y el fiscal del distrito saben que Morris Althaus había estado recopilando información para un trabajo sobre el FBI, pero no encontraron tal material en su apartamento. Señor Yarmack... Tengo entendido que usted tuvo relación con ese proyecto.

Vincent Yarmack se ceñía mejor que Timothy Quayle a la idea que yo tenía del clásico redactor jefe. Tenía unos hombros redondos y caídos, coronados por una cabeza normal. En su cara, una boca de labios finos y apretados. Los ojos resultaban tan minúsculos que uno tenía que imaginárselos detrás de sus gafas de montura negra.

—Sí, tuve relación con él —replicó Yarmack, en un tono de voz tan minúsculo como sus ojos.

—¿Sabe usted a ciencia cierta que el señor Althaus había recogido ese material que necesitaba para su artículo?

—Es cierto.

—¿Se lo había dado a usted? ¿O bien lo guardaba él?

—Creo que lo guardaba él. Sin embargo, la policía me comunicó que en su apartamento no había documentos sobre el FBI.

—¿Y de esa noticia no extrajo usted ninguna conclusión?

—Pues... que alguien se los había llevado. Era poco probable que Morris, dado el caso y con lo que le había costado conseguirlos, los depositara en otra parte.

—La señora Althaus, esta tarde, dijo al señor Goodwin que usted sospechaba del FBI. ¿Es eso correcto?

Yarmack volvió la cabeza para mirar a la señora Althaus, tras lo cual volvió a fijar la vista en Nero Wolfe.

—Es posible que en algún diálogo privado emitiese alguna opinión como la que usted menciona. De acuerdo con sus indicaciones, esta conversación no fue del todo privada.

Wolfe emitió un leve gruñido: —He dicho que era posible que hubiese micrófonos, aunque nadie puede asegurar tal extremo. Si usted hizo esa deducción, la policía debería proceder igual —sus ojos viraron rápidamente hacia otro lado—. ¿No es así, señor Fromm?

El abogado asintió. —Quizás. Pero eso no puede llevarnos a formular la conclusión de que los agentes están obstaculizando la labor de la justicia.

—Una conclusión no, pero sí una suposición. Puede que no obstruyan la labor de la justicia... Lo que es evidente es más bien una culpable inactividad. Dada su experiencia profesional, usted conoce, sin duda, la tenacidad de la policía cuando intenta resolver un asesinato exento inicialmente de un culpable evidente. La policía tiene suficiente...

—No me ocupo de derecho penal.

—Es igual. Seguramente, usted ya se habrá dado cuenta de algo que cualquier niño sabe... Si para la policía no fuera suficiente suponer que el FBI es responsable de la desaparición de la documentación de la que estamos hablando y que asegura su intervención en el crimen, se dedicaría a explorar otras hipótesis... y quizás entonces el señor Yarmack estaría involucrado, ¿no? ¿Ha sido sometido a algún interrogatorio, señor Yarmack?

El redactor jefe miró fijamente a Wolfe.

—¿Por qué la policía podría pensar que yo tengo algo que ver?

—Yo, en su lugar, no descartaría su culpabilidad como asesino de Morris Althaus. El móvil: apoderarse de la documentación que él guardaba tan afanosamente. Pero, alto, no se sulfure. En las investigaciones criminales se tienen que barajar todas las probabilidades, por extrañas e irrelevantes que puedan parecer. Pudo haberle contado cuál era su descubrimiento y que había conseguido recopilar incluso algunas pruebas, las cuales suponían para usted una amenaza moral. Por ese motivo decidió eliminarlo y a continuación se llevó los papeles. La hipótesis es soberbia, ¿no le parece? Tal vez...

—Eso no es más que una sarta de estupideces.

—Ése es su punto de vista. Pero en un procedimiento habitual de resolución de este caso tan embrollado y con la voluntad de aclarar quién es el asesino de Morris, los investigadores se fijarían en usted, de eso no cabe ninguna duda. No lo han hecho, sin embargo. Y no tome mis palabras como una acusación... por lo menos por ahora. Procuro hacerle ver tan sólo que la policía ha fallado en su método de investigación, que está pasando por alto sus obligaciones. A menos que usted les haya ofrecido una coartada suficientemente fiable, relativa a la noche del veinte de noviembre... ¿Lo ha hecho?, diga sí o no.

—No. Suficientemente fiable, no.

—¿Y usted, señor Quayle?

—¡Bah! ¡Estupideces! —dijo Quayle con malos modos.

Los ojos de Wolfe centellearon. —Me parece que usted no está muy a gusto aquí. De hecho ha venido sólo para ver cuál es mi estrategia, ¿verdad? Pues ya ve que es muy, muy clara. Me he metido en este berenjenal por un interés personal... Espero desvelar el enigma de la intervención del FBI en un crimen, y el fallo de la policía en una investigación que en principio debería haber seguido los pasos reglamentarios. Pondré mi empeño en protegerme de los obstáculos que surjan. Ayer se me facilitó una información confidencial que apuntaba a una clara culpabilidad del FBI. Pero cabe decir que esto para mí no es concluyente. Pues incluso acepto la conjetura de que la aparente inactividad de la policía sea una medida de carácter estratégico: tal vez tanto la policía como el FBI saben quién es el asesino y de momento prefieren guardarse su identidad para recopilar pruebas decisivas. Este aspecto me llama mucho la atención, por ello quiero estudiarlo detenidamente antes de seguir adelante. Ustedes pueden ayudarme, y si en vez de adoptar una actitud de colaboradores prefieren tomar la postura contraria, preferiría que ahora mismo se pronuncien y quien quiera que se vaya. El señor Goodwin ya le indicó el camino de la puerta y puede hacerlo otra vez. Le encanta actuar de esta manera cuando hay un auditorio que lo observa. Él disfruta de estas reuniones tanto como yo. Si prefiere quedarse, Quayle, tendrá que responderme una simple pregunta.

Quayle apretó la mandíbula. El pobre tipo parecía haberse quedado paralizado. Sentada junto a él, tan cerca que hubiera podido tocarle el brazo con sólo alargar la mano, se hallaba la joven por cuya defensa había caído en manos de un periodista fisgón —con perdón de Lon Cohen— y ahora era acosado por un sabueso. Pese a sentirse violento no volvió la cabeza para mirarla y demostrarle que por ella era capaz incluso de arrojar por la borda su orgullo. Tampoco me buscó con la mirada, a fin de evidenciar que en su opinión yo no constituía ningún problema. Estaba centrado en Wolfe.

—Le prometí que me dominaría, ¿no? Le hago saber, pues, que no poseo ninguna coartada suficiente fiable para la noche del veinte de noviembre. ¿Esto contesta a su pregunta? Ahora quisiera formular yo otra... ¿Qué colaboración espera usted recibir de parte de la señorita Hinckley?

Wolfe bajó la cabeza. —Me parece que su interés es razonable y francamente relevante. Señorita Hinckley: el hecho de haber venido a esta casa es una muestra clara de que usted piensa ayudarme. He desarrollado una hipótesis que explica la culpabilidad del señor Yarmack... escuche ahora otra teoría que está relacionada con el señor Quayle. Ya verá que es muy sencilla. En la historia de la humanidad hay un sinfín de ejemplos de asesinatos a causa de una mujer por muchos motivos: despecho, posesión u odio. En el caso de que el señor Quayle hubiese asesinado a su novio, ¿desearía usted que fuera desenmascarado?

La señorita Hinckley levantó ambas manos, dejándolas caer en seguida en su regazo. Con un desazonado gesto dijo: —¡Todo esto es ridículo!

—Se equivoca usted. Generalmente, esta clase de acusaciones siempre es considerada ridícula, o absurda, por los familiares y amigos de los criminales... En ningún momento he sido categórico afirmando que el señor Quayle pueda ser culpable de la muerte de Morris. Simplemente me dedico a considerar todas las posibilidades. ¿Tiene usted alguna razón que le haga pensar que su compromiso con Morris Althaus molestó al señor Quayle hasta el punto de poder llegar al asesinato?

—Su pregunta me ofende profundamente... No pienso contestarle.

—La contestaré yo —terció Quayle—. Sí. Eso me molestó profundamente.

—¿Perdón? ¿Hay quizás una lealtad detrás de estos sentimientos?

—No veo muy bien por dónde van sus palabras. Yo le había pedido a la señorita Hinckley que se casase conmigo. Y tenía una sincera ilusión... que me aceptaría.

—¿Qué motivos tuvo para pensar así?

El abogado intervino en la conversación. —Wolfe, se está pasando de la raya. Me he presentado aquí para defender los intereses del señor Althaus, mi cliente, pero igualmente puedo salir en defensa de la señorita Hinckley o del señor Quayle... Me parece que se está usted propasando... Conozco su reputación. Sé que lo que dice no es una broma. Sin embargo no pongo en duda su buena fe... Pero, como abogado, creo que les está apretando demasiado las tuercas a estas personas. El señor Althaus, su esposa y yo mismo deseamos que se haga justicia. Ahora bien, si ha recibido informes que delatan al FBI, ¿a qué viene este interrogatorio?

—Me parece haber aclarado ya ese punto.

—Sus palabras explican una hipótesis, en efecto. Son también un llamamiento a la prudencia y un toque de atención. Pero no le sirven, en absoluto, para llevar a cabo este tipo de interrogatorio tan agresivo. Siguiendo este estilo no me extrañaría oír que me preguntase de un momento a otro si Morris me sorprendió alguna vez cometiendo cualquier fechoría.

—¿Lo sorprendió o no?

—No voy a seguirle el juego, Wolfe. Repito lo que le he dicho: se está pasando de la raya.

—Entonces me detendré, pero no abandonaré la prudencia... Y siguiendo mi estilo quiero hacerle una pregunta que es rutinaria en cualquier caso de asesinato. Si no fue el FBI, ¿quién mató a Morris Althaus? Supongamos que finalmente se ha exculpado a los miembros de dicha organización y que yo soy el fiscal del distrito. Sin duda me interesará averiguar lo siguiente: ¿Quien podía desear la muerte de Morris? ¿Quién lo odiaba? ¿Quién lo temía? ¿Quién podía ganar algo si desaparecía del mapa? ¿Puede usted orientarme y sugerirme algún nombre?

—No, lo siento. Estas preguntas han paseado ya en repetidas ocasiones por mi mente y no he conseguido ningún resultado definitivo.

Wolfe volvió a escudriñar los rostros de todas aquellas personas. —¿Y ustedes?

Nadie dijo nada... sólo dos personas movieron negativamente sus cabezas.

—Estas preguntas —prosiguió Wolfe— son las ordinarias en el curso de una investigación de este tipo, y por ello no debemos calificarlas de inútiles o irrelevantes. Les ruego que reflexionen sobre lo que hemos dicho hasta ahora. Morris Althaus vivió treinta y seis años... No es posible que a lo largo de su vida no cometiera errores, no ofendiera a alguien. Se llevaba mal con su padre, por ejemplo. Provocó un gran disgusto al señor Quayle. —Wolfe miró a Yarmack—. ¿Eran completamente inofensivos los artículos que escribió para su revista?

—No —respondió el redactor jefe—. Pero si hirieron a alguien, ¿por qué el asesino había de esperar hasta ahora para cometer el crimen?

—Uno de esos probables ofendidos tuvo que esperar —declaró Quayle—. Se encontraba en la cárcel.

Wolfe no escondió su interés por esta información. —¿Por qué razón?

—Delito de fraude. Morris redactó un artículo titulado «El fraude inmobiliario» que dio lugar a una investigación, y a uno de los implicados lo pillaron. Fue condenado a dos años de cárcel. Esto sucedió hace unos dos años aproximadamente, o quizás menos... Es muy posible que esta persona, si ha tenido buena conducta, haya sido puesta en libertad recientemente. Pero no se trata de ningún criminal. El individuo en cuestión no tiene valor para eso. Lo vi un par de veces, cuando intentaba ponerse en contacto con nosotros para salirse del asunto. Era un embrollón de poca monta.

—¿Su nombre?

—Su nombre... no lo recuerdo... Sí, sí... Odell... o algo así. De pila... Frank... sí: Frank Odell.

—No entiendo nada... —empezó a decir la señora Althaus, pero se paró en seco porque su voz se entrecortó. Carraspeó sin apartar los ojos de Wolfe y por fin pudo hablar: —No entiendo nada de lo que hasta ahora se está hablando. Si fue el FBI, ¿a qué vienen tantas preguntas? ¿Por qué no pide usted al señor Yarmack que explique lo que Morris averiguó sobre esa organización? Yo ya me he dirigido a él con esa intención. El señor Yarmack me ha contestado que no sabe nada.

—En efecto —corroboró el aludido.

Wolfe sonrió levemente e hizo un gesto afirmativo. —Ya lo suponía. De otro modo, usted se habría visto acosado y no sólo por la policía. ¿No le había dicho nada Morris acerca de sus descubrimientos y conjeturas?

—No. Morris era absolutamente discreto. Su sistema de trabajo era muy metódico y siempre esperaba hasta el momento de tener preparado su primer borrador para empezar a contar de qué iba su nuevo artículo.

Wolfe emitió otro de sus característicos gruñidos. —Señora —espetó dirigiéndose a la esposa de David Althaus—, me gustaría transmitirle mi tranquilidad. Piense que podría estar formulando preguntas y más preguntas y seguir así toda la noche, e incluso durante toda la semana. El FBI es un enemigo formidable, afianzado en el poder y en los privilegios. No es una bravata, sino simplemente una constatación decir que en América ningún individuo o grupo empezaría una labor como la que yo me he asignado. Si resulta finalmente que un agente del FBI es el autor de la muerte de su hijo, no existe la menor posibilidad de que surja alguien que lleve a este tipo a la palestra... alguien excepto yo. Por consiguiente, le ruego que no ponga en duda los procedimientos que considere más adecuados para conseguir mi objetivo. ¿Eso es pasarse de la raya, señor Fromm?

—No —respondió el abogado—. Dada mi experiencia, sería un estúpido si me atreviese a negar que todo lo que ha dicho sobre el FBI es totalmente cierto. Cuando me enteré de que en el apartamento de Morris no se habían encontrado documentos vinculados con el FBI, empecé a hacer conjeturas, que comuniqué a la señora Althaus. Le dije que era muy improbable que el asesino fuese capturado. El FBI es una organización intocable. Goodwin dijo a la señora Althaus que ayer una persona le había pasado información sobre el asesinato de Morris, un asesinato, según informes presentados por dicha persona, perpetrado por un agente del FBI. Yo vine aquí con la intención de conocer el nombre de ese individuo y los informes citados. Pero tiene usted razón, Wolfe. Es usted quien ha de dictar la estrategia a seguir. Creo que se enfrenta con una misión realmente titánica, pero le deseo suerte, aparte de que me gustaría echarle una mano.

Wolfe echó su sillón hacia atrás, y con un enérgico impulso, se levantó. —Si esta conversación realmente ha sido grabada por micrófonos, más de uno de los aquí reunidos tendrá molestias inesperadas. Si es así, les ruego que me tengan informado de cualquier incidente. Asimismo desearía que me tuviesen al corriente de cuanto ocurra en relación con este asunto, por irrelevante o trivial que les pueda parecer. Haya sido escuchada o no la conversación, no debemos olvidar que esta casa está siendo vigilada y que el FBI ya no tiene ninguna duda de que todas mis fuerzas están destinadas a esclarecer el asesinato de Morris Althaus. En cambio, en el caso de la policía, que yo sepa, las cosas no van igual y he de rogarles que sean discretos, puesto que si llegan a saber en qué estoy metido dificultarían aún más mi labor. Tengo que excusarme por no haberles ofrecido ninguna bebida con que refrescarse. He estado extremadamente concentrado en mi explicación. Señor Althaus, usted no ha hablado. ¿Desearía hacerlo ahora?

—No.

Fue el único vocablo pronunciado por el padre de Morris durante aquella reunión.

—Entonces... buenas noches a todos —dijo Wolfe, abandonando el despacho.

Cuando los visitantes dejaron sus sillas, dirigiéndose hacia el vestíbulo, me quedé inmóvil. Estaba exhausto por la tensión del momento. Los caballeros ayudarían a las damas a ponerse sus abrigos. A mí no me necesitaba nadie allí. Seguramente me quedé alelado, sino no puedo entender por qué dejé perder la posibilidad de ayudar a la señorita Hinckley a ponerse el abrigo. Pero ya era demasiado tarde. Oí como la puerta de la calle se abría y rápidamente se cerraba. Salí de inmediato a echar la cadena. El grupo todavía unido estaba en la acera.

Wolfe debía de haber ido hacia la cocina, pues no había oído el motor del ascensor. Pero me equivoqué, allí no estaban ni él, ni Fritz. No creo que haya subido las escaleras. No se me ocurre otra posibilidad que haya ido al sótano. Me encaminé a la habitación de Fritz y entré.

Su cuarto podría haber estado en la parte alta de la casa, pero prefiere el sótano. Su despacho se ha convertido en un cuchitril junto a su dormitorio. Hay mesas cubiertas de revistas; bustos de Escoffier y Brillat-Savarin, colocados en estanterías; de las paredes cuelgan curiosos menús enmarcados; entre el mobiliario figura una cama de matrimonio, cinco sillas, varias librerías, con doscientos ochenta y nueve libros referentes al arte culinario. Más una cabeza disecada de jabalí, animal cazado por él en los Vosgos, un aparato de televisión y de estéreo, un par de enormes cajas de utensilios de cocina antiguos, uno de los cuales, según sus declaraciones, fue usado por el *chef* de Julio César.

Junto a una mesa, Wolfe ocupaba la silla más robusta y de mayores dimensiones. A su lado tenía una botella de cerveza y una jarra. Fritz estaba sentado delante de él. Se levantó al verme entrar, pero yo me apresuré a coger una silla libre.

—Es una lástima que el ascensor no baje —comenté—. Quizá podamos arreglar eso.

Wolfe se bebió un buen trago de cerveza, colocando de nuevo la jarra encima de la mesa. A continuación se pasó la punta de la lengua por los labios.

—Quiero rastrear cada centímetro de mi casa para encontrar esos malditos micrófonos. ¿Nos podrían oír aquí?

—Hace poco en el periódico leí una noticia relativa a un aparato capaz de recoger voces a media milla de distancia. No se describía con suficiente claridad si resultaba un impedimento la existencia de paredes entre el mecanismo y las voces que se desea captar. Es posible que existan ya aparatos de este tipo preparados para cubrir toda una casa. Si todavía no están disponibles, no creo que se tarde mucho tiempo en poderlos comprar en los establecimientos especializados. La gente acabará hablando entre sí por señas.

Wolfe me contempló en silencio. No me intimidó porque tenía la conciencia tranquila.

—No sé si lo acabas de entender: es totalmente necesaria una absoluta reserva.

—Tranquilo, Wolfe, confíe en mí.

—¿Crees que incluso unos leves susurros podrían ser escuchados?

—Yo creo que no.

—Pues hablaremos así.

—Que Fritz ponga la televisión a medio volumen y si procuramos acercarnos bien el uno al otro sin gritar, será suficiente.

—También podríamos hacer eso en el despacho.

—Sí, señor.

—¿Y por qué no lo has dicho antes?

Bajé la cabeza. —Ambos estamos ligeramente agobiados. Me sorprende haber pensado en ello ahora. Seguramente lo mejor será quedarse aquí. No me apetece verme obligado a sentarme apoyado en su mesa.

Wolfe volvió la cabeza. —Adelante, Fritz.

El cocinero se dirigió solemnemente hacia el televisor. Apretó uno de sus botones y casi inmediatamente apareció en la pantalla una mujer que con aire triste explicaba que había perdido algo. Fritz nos preguntó si el volumen del televisor era el apropiado. Por señas le indiqué que lo subiera. A continuación, aproximé mi silla a la de Wolfe. Él se inclinó hacia delante, emitiendo uno de sus gruñidos a unos centímetros de mi oído:

—Oye, mejor que nos prepararemos por si surge un imprevisto... ¿Sabes si existen todavía los Diez de Aristología*?

Encogí los hombros. Hay que ser un memo o un genio para formular una pregunta tan fuera de lugar en un momento como aquél.

* Arte o ciencia de comer.

—No —repliqué—. Eso fue hace siete años. Aunque quizás podría telefonear a Lewis Hewitt.

—Desde aquí, mejor que no.

—Pues me acerco a cualquier cabina, ¿qué le parece?

—Buena idea. Si te contesta que ese grupo todavía... No, espera. Diga lo que diga sobre los Diez, pregúntale si puedo visitarlo mañana por la mañana. Me gustaría consultarle un tema privado y ciertamente urgente. Dile que nos veremos comiendo algo. Seguro que le viene bien.

—Vive en Long Island todo el año.

—Ya lo sé.

—En la calle nos encontraremos con nuestros perseguidores. Tendremos que idear alguna treta para despistarlos.

—No invirtamos esfuerzos en deshacernos de ellos. Si esa gente nos ve cuando nos dirijamos a su casa, mejor que mejor.

—Entonces, ¿por qué no telefonearlo desde aquí?

—Porque hay una diferencia entre querer que mi visita sea conocida, y dejar demasiado claro que yo mismo soy el que me invito.

—¿Y si mañana no puede ser?

—Que te diga cuándo le va bien, pero pronto.

Subí al vestíbulo, donde cogí el sombrero y el abrigo. Salí de la casa y me dirigí a la Novena Avenida. Me rondaban por la cabeza dos normas que hoy nos habíamos saltado: la referente al plan de cada mañana y la que casi prohibía la salida de la vivienda cuando Nero Wolfe llevaba un asunto entre manos. Mi curiosidad podía más que mi paciencia, ¿qué estaba ocurriendo?

Los Diez formaban un grupo de hombres bien situados que se dedicaban, según su decálogo, a perseguir el ideal de la perfección en la comida y en la bebida. Siete años atrás se habían reunido en el domicilio de Benjamin Schriver, uno de sus miembros y reconocido magnate naviero, con la intención de afianzar su ideal del buen comer y el buen beber; y Lewis Hewitt, uno de los miembros de la reducida sociedad, había solicitado a Wolfe que Fritz se encargase de aderezar los platos de la cena. Naturalmente, Wolfe y yo fuimos invitados al convite. Nos vimos sorprendidos por un hecho francamente inusual: la muerte de uno de los comensales... justamente aquél que se había sentado entre nosotros dos. El suceso, sin embargo, no afectó a las relaciones de Wolfe con Lewis Hewitt, quien estaba agradecido a mi jefe por cierto favor que le hiciera tiempo atrás. Lewis Hewitt poseía, en su casa de Long Island, un invernadero para orquídeas, de unos treinta metros de longitud. Solía acudir a nuestra casa un par de veces al año y compartíamos con él una cena.

Justamente cuando lo telefoneé, Hewitt estaba en el invernadero, por lo que tuve que esperarme un buen rato. Me dijo que se alegraba de escuchar mi voz. Cuando le anuncié que Wolfe me había pedido concretar una cita con él, me contestó que le sería muy grata su visita. Me avisó que le gustaría, como a Wolfe, que nos quedásemos a comer con él, pero que para ello tenía que hacerle una pregunta relacionada con el almuerzo.

—Me parece que le será imposible —le contesté—. Lo llamo desde una cabina pública. Discúlpeme la pregunta, pero..., ¿hay alguna probabilidad de que en estos momentos nos esté escuchando una tercera persona?

—¿Qué? ¿Cómo? No entiendo sus sospechas...

—Muy bien, le explico la situación. Le llamo desde esta cabina porque nuestro teléfono se halla intervenido y el señor Wolfe no quiere que sepa que la iniciativa de la visita a su casa ha partido de él. No nos llame a casa, pues. Quizás mañana recibirá la llamada de una persona que dirá ser periodista y que sólo quiere hacerle unas preguntas. Se lo notifico ahora porque podría ser que mañana lo olvidase. La idea es que nuestra cita, nuestra visita a su casa para quedarnos a comer, parezca algo acordado entre nosotros la semana pasada. ¿Me comprende?

—Sí, por supuesto. Pero, ¡válgame Dios! ¿Están seguros de que su teléfono se encuentra intervenido?... Eso es totalmente ilegal.

—Pues así es... Mañana se lo explicaremos todo, o por lo menos lo intentaremos.

Me respondió que sabría esperar hasta el día siguiente para dar satisfacción a su curiosidad. Antes de colgar, me dijo que nos esperaba hacia el mediodía.

Al volver creí que me encontraría a Wolfe acomodado en su sillón favorito, probablemente con la radio en marcha. Sin embargo, encontré la habitación vacía. Fui a la parte posterior de la vivienda, descendí a la planta baja y lo encontré en el mismo lugar donde había acabado nuestra conversación. El televisor continuaba funcionando. Ante él, Fritz bostezaba largamente. Wolfe se había echado hacia atrás en su asiento, con los ojos entrecerrados. Sus labios no cesaban de moverse. ¿En qué pensaba? Lo miré atentamente. Esta manía suya de hablar sin emitir sonidos suelo soportarla con bastante naturalidad, pero esta vez tuve que apretar los dientes para mantener la boca cerrada. No entendía por qué motivo ahora estaba mascullando y qué debía estar maquinando su cerebro. Transcurrieron dos minutos o quizás tres. Decidí que se hallaba entregado a una especie de ejercicio meditativo. Le dejé hacer, mientras yo me sentaba en una silla, al tiempo que tosía con fuerza. No tardó demasiado en abrir los ojos. Me miró parpadeando e irguió el cuerpo.

Acerqué mi silla a la suya. —Todo está arreglado —le dije—. Nos espera hacia el mediodía. Saldremos, pues, alrededor de las diez y media.

—Iré solo —gruñó—. He telefoneado a Saul. Me vendrá a buscar a las nueve.

—¡Ah! Ya entiendo. Quiere que me quede aquí por si Wragg nos manda sus agentes para que confiesen.

—Quiero que localices a Frank Odell lo antes posible.

—¿Era eso lo que estaba mascullando hace unos segundos?

—No —Wolfe ladeó la cabeza—. Sube el volumen, Fritz. —Después, mirándome de nuevo, agregó—: Dije, tras la comida, que habías dejado bien clara la inutilidad de establecer la culpabilidad del FBI en el asesinato de Morris Althaus. Me retracto. Hemos de provocar una situación dentro de la cual ninguna de las tres alternativas siguientes resulte inútil: primera, establecer la culpabilidad del FBI; segunda, probar lo contrario; tercera, no optar ni por una cosa ni por otra y dejar correr el caso. La segunda, por razones evidentes, debería ser nuestra baza principal y para que tenga más fuerza es imprescindible que encuentres a Frank Odell. Ahora bien, si nos vemos forzados a la primera o la tercera, tenemos que planearlo todo de tal manera que podamos igualmente ofrecer servicio a nuestra clienta.

—Le recuerdo que pactó únicamente realizar investigaciones y esforzarse lo más posible.

—Otra vez tus célebres y expresivos giros.

—De acuerdo, de acuerdo, ya sé que esto es cosa de dos.

—Así está mejor. En efecto, hemos de esforzarnos todo lo que podamos. Los hombres con amor propio llegan muy lejos en sus obligaciones, y nosotros justamente de eso no andamos faltos, afortunadamente. Hay un punto de vital importancia. Independientemente de la alternativa que las circunstancias nos obliguen a aceptar, el señor Wragg tiene que creer, o al menos sospechar, que uno de sus hombres mató a Morris Althaus. No acierto a imaginar qué maniobra podemos hacer para que lo crea. Eso es lo que estaba meditando cuando has llegado. ¿Se te ocurre alguna cosa que nos pueda servir?

—No. Simplemente, Wragg creerá o no creerá. Diez contra uno a que sí cree.

—Por lo menos, llevamos ventaja. Necesito sugerencias con respecto a mi cita de mañana con el señor Hewitt y las propuestas que pienso hacerle. No va a ser fácil. Nos llevará un buen rato y mi garganta está seca... ¡Fritz!

No contestó. Me giré y vi a Fritz profundamente dormido en su silla. Y sus ronquidos lo acompañaban, sin duda. El aparato de televisión nos impedía cerciorarnos. Indiqué a Wolfe que estaría bien trasladarnos hasta el despacho, para sintonizar alguna emisora de radio. Seguramente acabaríamos oyendo música. A Wolfe le complació la idea.

Desperté a Fritz, le di las gracias por su hospitalidad y le deseé que pasara una buena noche. Fui a la cocina y cogí una botella de cerveza para Wolfe y otra de leche para mí. Al entrar en el despacho advertí que había puesto la radio en marcha y que estaba acomodado en su sillón. Acerqué a éste mi asiento. Se sirvió la cerveza y yo me deleité con la leche.

—Se me ha olvidado decirle que no me acordé de preguntar a Hewitt por los Diez. Bueno. Ya le hablará de eso mañana, puesto que ha de verlo. ¿Y qué hay sobre nuestro programa?

Nero Wolfe comenzó a hablar largamente.

Pasada la medianoche, Wolfe se fue hacia el ascensor para subir a sus aposentos. Yo me desplacé hasta mi dormitorio para coger sábanas, mantas y almohada. Iba a pasar mi segunda noche en el diván.

8

En las guías telefónicas de los cinco distritos había más de cien Odell, pero ninguno correspondía al nombre de Frank. Una vez averiguado eso, me aposenté en mi mesa a las nueve y media de la mañana del viernes e hice un análisis concienzudo de los recursos de que disponía. Evidentemente no era éste un aspecto que tratar con Wolfe. Aunque tampoco hubiéramos podido hacerlo, ya que se había ausentado. Saul Panzer se había presentado a las nueve en punto y, en lugar de subir a los invernaderos de la planta alta, esperó a que bajara Wolfe. Éste se embutió en su pesado abrigo, y se caló el sombrero de ala ancha. Cruzó la acera detrás de Saul, y acto seguido subió al Heron. Evidentemente, él sabía que la calefacción podría convertir el interior del coche en un horno, pero cogió el abrigo porque desconfiaba de todos los aparatos cuya tecnología fuera más allá de un carromato tirado por bueyes. Incluso si hubiese conducido yo el vehículo, habría pensado en la posibilidad de que nos extraviáramos en cualquier salvaje y solitario punto de la jungla de Long Island.

Frank Odell se había convertido en una mancha negra en mi mente y tuve que hacer un extraordinario esfuerzo para concentrar mi atención, ya que Wolfe me había ordenado su localización, al preferir la segunda de las tres alternativas. Mi subconsciente hubiera querido llegar inmediatamente a Long Island. De hecho, era la primera vez que veía a Wolfe urdir un plan tan enredado como éste en el cual participaría Lewis Hewitt. Me gustaría haber estado presente cuando la chispa saltó en las cábalas del genio, de igual manera que se prende fuego cuando estalla la mezcla exacta en un motor. Pero para que eso sirva de algo, cualquier mecánico que se precie sabe que es necesaria la existencia de un radiador que funcione bien y que las ruedas estén hinchadas. Pero Wolfe aclaró que Saul Panzer ya le servía para la entrevista, y para mí era el hombre a quien yo hubiera confiado todos mis problemas si me hubiera roto una pierna.

Me concentré una vez más en la persona de Frank Odell. Tenía claro que lo más fácil era hacer una llamada al departamento que coordinaba la concesión de libertades bajo fianza para comprobar si Odell figuraba en los ficheros. Pero no podía utilizar nuestro teléfono por si el FBI descubría que gastábamos nuestro tiempo y dinero en Odell, pese a saber lo que Quayle había declarado acerca de él. Corríamos el riesgo de que se enterasen del hecho que no era tan sólo la prudencia lo que orientaba nuestros pasos, sino que suponíamos que había realmente una remota posibilidad de que el individuo en cuestión estuviese implicado en el caso de Morris Althaus, y eso ciertamente no nos convenía en absoluto. Decidí apostar por lo más seguro, arriesgando lo menos posible. Si algún agente secreto federal pierde un minuto leyendo esto, quizás puede llegar a pensar que estoy menospreciando su capacidad y la de sus camaradas, y que pongo en duda la eficiencia del FBI, al cual pertenece. Si es así, es que no está todavía al corriente de todos los secretos de familia. Yo ciertamente no formo parte de ella; pero, por suerte o por desgracia, he tenido que moverme mucho a su alrededor.

Fui a la cocina para anunciar a Fritz que me marchaba y luego cogí mi sombrero y mi abrigo del colgador del vestíbulo. Una vez en la calle, me encaminé hacia la Décima Avenida, a la búsqueda del garaje. Pedí permiso a Tom Malloran para usar el teléfono, marqué el número de la *Gazette* y pregunté por Lon Cohen. La conversación fue discreta. No me preguntó nada sobre nuestro caso con la señora Bruner y el FBI, pero, en cambio, quiso saber dónde podría procurarse una botella de coñac.

—Es más que probable que le envíe una cuando menos se lo espere, pero se la tendrá que ganar —le contesté—. Puede empezar ahora mismo. Hace un par de años, un individuo llamado Frank Odell fue enviado a prisión por haber cometido un delito de fraude. Si su conducta ha sido correcta durante este tiempo, quizá haya conseguido una reducción de condena, y en estos momentos, tal vez, esté gozando de libertad bajo fianza. Desde hace un tiempo pertenezco a una asociación social y deseo localizarlo rápidamente, para lograr su rehabilitación. Llámeme, cuanto antes mejor, a este número —se lo di—. Sea reservado, por favor. Llevo estas actividades en secreto, así que no las difunda.

Lon Cohen respondió que le diera una hora para conseguir la información. Me dediqué a pasear por el taller, mirando aquí y allá los coches que estaban reparando. Wolfe acostumbra a comprar un automóvil por año, creyendo que es la mejor medida preventiva para no quedarse tirado en la carretera. Yo me encargo siempre de elegir los modelos. He llegado a sentir la tentación de adquirir un Rolls en un par de ocasiones, pero prefiero no tener que pasar por la desesperante experiencia de tener que devolverlo pasados doce meses.

Aquel día no había nada en el taller digno de cambiarse por el Heron. Tom y yo hacíamos comentarios sobre el salpicadero de un Lincoln del año 1965 cuando sonó el teléfono. Atendí la llamada. Era Lon. Tenía la información que yo precisaba. Frank Odell había sido puesto en libertad el mes de agosto anterior y estaría bajo la condicional hasta febrero. Vivía en el Bronx, en el número 2.553 de la avenida Lamont, y trabajaba en una sucursal de la Driscoll Renting Agency, en Grand Concourse, número 4.618. Lon manifestó que un buen procedimiento para iniciar su rehabilitación sería invitarlo a participar en una partida de póquer y yo señalé que iría aún mejor una de dados.

Decidí tomar el metro en lugar de un taxi. No era que estuviese pensando en evitar gastos a nuestra cliente, sino que había llegado el momento de tomar medidas contra mis probables seguidores. Durante dos días y dos noches el FBI llevaba interesándose por nuestras andanzas y ya habían pasado veinticinco horas desde el momento en que aquél había pedido a Perazzo que nos retirase a Wolfe y a mí las respectivas licencias profesionales. Sin embargo, en ningún momento había detectado a nadie que me siguiese. Decidí mirar, pero no mientras caminaba, sino que esperé a llegar a la Grand Central Station y subir a uno de los vagones.

Cuando uno se cree seguido por alguien viajando en metro, para localizar al otro es indispensable mantenerse en movimiento mientras el convoy avanza. En cada estación hay que ir situándose lo más cerca posible de una de las puertas de acceso, para, cuando llegue la oportunidad, salir velozmente. La maniobra se convierte en imposible en las horas punta. Pero eran las diez y media de la mañana y nos dirigíamos al corazón mismo de la ciudad. Conseguí salirme con la mía en la tercera estación. No se trataba de un perseguidor... Eran dos. Uno de corta talla y ojos saltones, y otro que podría pasar por Gregory Peck si no fuese por sus menudas y rojizas orejas. Conseguí localizarlos sin que ellos se diesen cuenta y, al apearme del tren en la estación de la calle Ciento Setenta, estaba convencido de que me había salido con la mía. Pisando de nuevo el asfalto, me olvidé de ellos.

Si uno es seguido por las calles de Nueva York y lo sabe y no tiene un cerebro de pajarito, zafarse del perseguidor es un juego. Por la avenida Tremont fui paseando tranquilamente. Ojeaba los escaparates por doquier, contemplando distraídamente la esfera de mi reloj. Simulando que estudiaba los números de unas casas, me percaté que se acercaba un taxi libre. Cuando lo vi situado a unos treinta metros de distancia, me deslicé entre unos coches aparcados y levanté mi brazo para solicitar su parada. Salté a su interior, ordenando al conductor que siguiera en la misma dirección. Y allí estaban... El Gregory Peck de pacotilla me miró boquiabierto. Su camarada se encontraba al otro lado de la calle. Recorrimos siete manzanas antes de que un semáforo rojo nos obligara a detenernos. Esta vez no pude evitarlo y me mantuve pendiente de lo que ocurría tras de mí. Pedí al taxista que me acercase a Grand Concourse, cambió el semáforo y salimos disparados.

Por lo común las agencias inmobiliaras están en los pisos, pero ésta estaba en la planta baja de un edificio, uno de los que representaba, sin duda. Entré en una minúscula oficina con apenas dos mesas, un mostrador y un armario. Una bonita muchacha, de largos cabellos oscuros, me preguntó sonriendo en qué podía servirme. Lo primero que tuve que hacer fue una profunda inspiración para seguir sereno, y evitar que me diese algún mareo. Mujeres como ésta deberían quedarse en casa para evitar dañar la débil salud de hombres como yo. Le contesté que deseaba entrevistarme con el señor Odell. Mi gentil interlocutora hizo un gracioso movimiento, y me indicó cuál era su mesa.

Observé a Odell ocupado en su trabajo y con una mirada tuve bastante para catalogarlo. Hay individuos que después de un periodo de reclusión tienen un aire huidizo, pero no él. Era menudo, aunque un menudo elegante. Bien afeitado, bien peinado y muy bien vestido. Su impecable traje gris a rayas le debía haber costado un dineral.

Se levantó y se identificó tendiéndome la mano. Es probable que se hubiese conducido con más serenidad y desenvoltura dentro de una habitación, si ambos hubiésemos estado a solas. No hay nada peor que desconocer si la gente que te rodea sabe que has cumplido condena en una prisión del estado. Saqué mi cartera y me presenté poniendo en sus manos una de mis tarjetas. Él la examinó atentamente antes de guardársela, declarando: —¡Dios mío, es usted! Lo conozco por su retrato en el periódico.

De eso ya hacía más de catorce meses. Por entonces Odell estaba todavía entre rejas. Preferí no tenerlo en cuenta.

—Sí... se me empiezan a ver los años —le dije sonriendo levemente—. ¿Podría usted concederme unos minutos? Nero Wolfe se ha hecho cargo de un trabajo que afecta a un hombre llamado Morris Althaus y cree que usted quizás podría facilitarnos algunos informes.

Odell no parpadeó y se mostró impasible. —Ese hombre murió asesinado.

—Sí, es cierto. La policía ha estado realizando sus investigaciones. Los trámites rutinarios, ya sabe. Nosotros estamos trabajando sobre otra pista.

—La policía no me ha hecho ninguna visita. Siéntese, por favor y hablemos —se aproximó a su mesa y me ofreció una silla libre—. ¿Cómo han orientado ustedes sus investigaciones?

—Verá. Es un poco complicado... Las hemos centrado en cierto trabajo que Morris Althaus llevaba entre manos poco antes de morir. Quizás usted sepa alguna cosa al respecto si tuvo contacto con él durante aquel período... Fue por el mes de noviembre.

—Pues creo que no. Lo vi por última vez hace un par de años. Ante un tribunal de justicia. Algunas personas que yo tenía por amigas me habían jugado una mala pasada. ¿Por qué razón había de buscarme a mí la policía?

—Cuando un detective se enfrenta con un crimen que no hay manera de aclarar suele recurrir a todos los que se ponen a su alcance. Me interesa lo que acaba de decir sobre esa mala pasada... Puede que tenga relación con nuestra línea de investigación. ¿Estaba Morris Althaus entre esas personas supuestamente enemigas?

—¡Oh, no! No nos unía ninguna amistad. Sólo coincidimos dos veces, cuando redactaba aquel trabajo o lo estaba preparando. Me pareció que andaba detrás de peces gordos. Yo era uno más entre los que prestábamos nuestros servicios a la Bruner Realty.

—¿Bruner Realty? —dije con tono inquieto—. No recuerdo este nombre en relación con el caso. Creo que ando un poco despistado. Entonces, ¿fueron sus colegas de la Bruner Realty los que le hicieron la jugarreta?

Odell sonrió. —Ya se ve que no está muy al corriente. Yo tuve participación en otros temas que no tenían nada que ver. Todo salió a relucir durante la vista de la causa. Los Bruner fueron muy amables conmigo, extraordinariamente amables. El vicepresidente de la empresa llegó incluso a organizar una entrevista con la señora Bruner. En esa ocasión vi a Althaus por segunda vez, en el despacho de la casa de ella. Ella me trató también muy cortésmente. Creyó en mis palabras hasta el punto de pagar la minuta de mi abogado... Bueno, parte de la misma. La señora Bruner se dio cuenta de que me había mezclado en un negocio poco claro y yo le expliqué que en realidad ignoraba donde me había metido. Ella no quería que un hombre que trabajaba en su empresa sufriese una injusticia. Mantuvo conmigo una actitud amable.

—Sí, eso parece. Me sorprende, sin embargo, que no volviese después a la Bruner Realty cuando más adelante le fue posible.

—No me querían ya allí.

—¿Y la comprensión de la que antes me hablaba?

—Desaparecida, como suele pasar en estos casos. Estar en prisión y cumplir condena provoca estas reacciones. El presidente de la compañía es una persona extremadamente rígida. Yo podía haber recurrido a la señora Bruner, pero uno tiene su orgullo... Luego, se me presentó esta oportunidad —Odell sonrió—. Estar aquí no quiere decir que se me haya eliminado, señor Goodwin. Trabajo en un sector de actividades en el que abundan las oportunidades de prosperar y soy todavía joven —abrió un cajón—. Usted me dio antes una tarjeta. Llévese la mía.

Me dio no una, sino media docena, con información variada sobre la Driscoll Renting Agency. Tenían nueve oficinas en tres distritos y administraban los alquileres de un centenar de edificios. Ofrecían los mejores servicios en el área metropolitana. Percibí por sus palabras que la Driscoll era una empresa «agradable». Le presté la suficiente atención para que no me juzgara descortés. Le agradecí su gentileza por atenderme, y al dirigirme fuera de la oficina, me tomé la libertad de intercambiar unas miradas con la bella joven que me había recibido al llegar. Ella me dedicó una sonrisa. Me marché al final pensando que aquél era un lugar atractivo.

Eché a andar por Grand Concourse, relajando mis músculos bajo el sol. Me sentía realmente acalorado. Durante mi breve estancia en la oficina de la Driscoll nadie me había invitado a despojarme del abrigo. A cada paso, iba relacionando mentalmente los datos que Odell me había ofrecido con otros que ya formaban parte de mi bloc de notas.

1. La señora Bruner había distribuido ejemplares de un libro.
2. Morris Althaus había estado recogiendo documentación para redactar un trabajo sobre el FBI.

3. Los agentes del FBI habían asesinado a Althaus. O, por lo menos, sabemos que se hallaban en el piso de Althaus cuando éste fue asesinado.
4. Althaus conocía a la señora Bruner. Había estado en su casa.
5. Frank Odell empleado de la empresa de la señora Bruner había sido encarcelado (¿por una mala pasada?), a consecuencia de un artículo escrito por Althaus.

Estos datos no era fútiles hechos concatenados. Eran causas y efectos. Y una cierta dosis de enredo. En un intento de clasificar mi material, me di cuenta de que eran muchas las posibles combinaciones que me podían llevar incluso a pensar que la señora Bruner había disparado sobre Althaus, lo cual se alejaba de toda lógica, ya que ella era la cliente. La conclusión es que había una aguja en este pajar que debía ser encontrada. Wolfe había robado otra base. Él simplemente había preguntado a Yarmack si los artículos escritos por Althaus para *Tick-Tock* eran inofensivos, y me había dicho simplemente que buscara a Odell porque no podía pensar en nada razonable para mí. Y ahí estaba.

No podía telefonear a Wolfe en aquellos momentos y decidí no utilizar el teléfono de Hewitt. Aparte de las numerosas derivaciones que hay normalmente en una casa como la de nuestro amigo, lo más seguro era que los agentes secretos federales hubiesen seguido a mi jefe. Wolfe había dado instrucciones a Panzer de que no se preocupara por lo que viera tras de sí. Para el FBI era coser y cantar instalar micrófonos en cualquier sitio... Como en aquella ocasión que...

Aparté los recuerdos.

No me apetecía volver a casa y esperar el regreso de Wolfe. Me metí en la primera cabina telefónica que encontré, marqué el número de la señora Bruner y, cuando logré comunicar con ella, le pregunté si podíamos vernos en el Rusterman a las doce y media para comer juntos. Me contestó afirmativamente. Telefoneé a continuación al Rusterman, hice que Félix se pusiera al habla y le pregunté si podía disponer de una de los reservados de la planta superior. Me interesaba el más pequeño. Tuve suerte... estaba libre. Salí de la cabina y paré un taxi.

El Rusterman había perdido lustre desde los tiempos en que Marko Vukcic estaba vivo. Wolfe ya no es consejero, pero va por allí una vez al mes más o menos, y Félix viene a la vieja casa de piedra rojiza de vez en cuando a pedir consejo. Fritz y yo lo acompañamos a menudo en sus esporádicas visitas. Nos reunimos para comer en uno de los comedores más pequeñas de la planta alta. Solemos empezar con la reina de las sopas, la *Germiny à l'oseille*. Así pues, me hallaba en un lugar que me resultaba muy familiar.

Félix, siempre atento, me acompañó hasta mi mesa y posteriormente entró en el local la señora Bruner, diez minutos más tarde de lo que habíamos pactado.

Pidió un Martini doble seco con cebolla. Me sorprendió. Yo suponía que pediría jerez o Dubonnet, y desde luego, cebolla, no. Cuando se lo trajeron, tomó tres buenos sorbos seguidos. Una vez que el camarero estaba ya fuera de la sala, la señora Bruner se acercó a mí y me dijo: —No me he atrevido a hacerle ninguna pregunta por teléfono. ¿Se ha producido alguna novedad?

No quise quedarme a atrás y yo también pedí un Martini, sólo que... sin cebolla. Tomé un largo trago y contesté: —Nada importante. El señor Wolfe está metido enteramente en su caso, hasta el punto de quebrantar un par de sus normas preferidas: omitir la visita a su invernadero de orquídeas y salir de casa cuando tiene un trabajo entre manos. Ahora mismo está en Long Island entrevistándose con un amigo.

Puede que esta reunión le sirva para avanzar en sus pesquisas. Yo he estado en el Bronx para intercambiar informaciones con un hombre llamado Frank Odell, un ex empleado suyo de la Bruner Realty. ¿Lo recuerda?

—¿Odell, ha dicho?

—Sí.

Ella frunció el ceño. —Vaya... ¡Claro que lo recuerdo! Odell es aquel individuo menudo que armó todo aquel revuelo. Pero, bueno, ¿no estaba en la cárcel?

—Ha estado en la cárcel, efectivamente, pero ha salido bajo fianza hace unos meses.

La señora Bruner continuaba con el entrecejo arrugado. —¿Y por qué fue usted a verlo?

—Si le parece, eso se lo cuento un día que tengamos más tiempo—tomé otro trago de Martini y casi me atraganto—. El señor Wolfe pensó que sería necesario empezar las pesquisas en Nueva York y sus alrededores. Entre otras cosas, nos enteramos de que el pasado otoño un periodista llamado Morris Althaus había estado recopilando información para redactar un artículo sobre el FBI, el cual iba a ser publicado en las páginas de una revista bastante conocida. Hace siete semanas, Morris fue asesinado. Nos pareció que el caso merecía ser estudiado con detenimiento y llevamos a cabo algunas indagaciones. Supimos que un par de años atrás escribió un extenso artículo titulado «El fraude inmobiliario», a consecuencia del cual un tipo llamado Frank Odell fue enviado a la cárcel, bajo la acusación de fraude. El señor Wolfe me pidió que lo localizase y que mantuviese una charla con él. De este modo me enteré de que había formado parte de su empresa. Así que pensé que debería preguntarle sobre ello.

La señora Bruner colocó su vaso encima de la mesa. —¿Y qué quiere preguntarme?

—Me gustaría que me hablase de Morris Althaus. ¿Lo conocía bien?

—En realidad, no.

—Pero, según Frank Odell, una vez, por lo menos, estuvo en su casa, en su despacho.

Ella asintió. —Sí, eso es cierto. Tras leer las noticias sobre el crimen rememoré aquel encuentro —la señora Bruner enderezó su cuerpo—. Me parece que la conversación está tomando unos desagradables vericuetos, señor Goodwin. ¿Acaso está insinuando que yo le estoy ocultando algo?

—Pues sí, señora Bruner. No descarto en absoluto la posibilidad de que me haya ocultado algún hecho. Si le parece, podemos aclarar este punto antes de que acabemos de comer. No lo dejemos para luego. Usted ha contratado los servicios del señor Wolfe, y le ha encargado una tarea francamente difícil, por no decir... imposible. Lo mínimo que le pedimos es que nos dé a conocer sin tapujos cualquier pista que merezca ser analizada y estudiada detenidamente por nosotros. Usted, pues, conoció a Morris Althaus, habló con él... lo cual me lleva a que le formule, por lo menos, varias preguntas. ¿Conocía usted la existencia de los documentos e informaciones sobre el FBI que iba recopilando? No me interrumpa. Déjeme continuar. ¿Sospechaba usted que el FBI estaba implicado en el crimen? ¿Acaso fue lo que la movió a enviar los libros a los distintos destinatarios? ¿Fue ése el motivo que la indujo a contratar los servicios de Nero Wolfe? Ya ve que mis preguntas van en la misma dirección... Nosotros hemos de estar al corriente de todo cuanto usted sepa. Ni más ni menos.

La señora Bruner reaccionó bien. De hecho ya lo demostró cuando no pestañeó al arrojar sobre una mesa un cheque por valor de cien mil dólares. Es de esa clase de mujeres que no tiene mucha práctica en escuchar las conjeturas de un mercenario a sueldo. Supo controlar, sin embargo, sus impulsos, y sin demasiado esfuerzo. Se limitó a coger de nuevo el vaso para tomar un largo sorbo, al tiempo que me escudriñaba sin disimulo. Dejó con lentitud el vaso sobre la mesa, y empezó a hablar: —Yo no les he ocultado nada en absoluto. No se me ocurrió que pudiese interesarles mi conexión con Morris Althaus. Quizás me pasó por la cabeza antes de hablar con el señor Wolfe, pero lo descarté porque la verdad es que yo no sé nada sobre ese caso. Ni siquiera ahora. En su momento leí algunas noticias relativas al crimen y me sentí perturbada porque resultó que lo había conocido. De hecho fue la señorita Dacos, mi secretaria, quien descubrió en la historia un nexo con el FBI... Pero la verdad es que ella tampoco estaba demasiado enterada, y parecía hablar por hablar. Lo que sí está claro es que no tenía nada que ver con el envío del libro. Distribuí los ejemplares porque lo había leído y consideré de extrema importancia que lo conociera alguna gente que ocupa cargos importantes. ¿Responde eso a sus preguntas?

—Responde a las mil maravillas. Pero hay algo que se le ha pasado por alto. ¿Qué le comentó la señorita Dacos?

—No tiene importancia. Sus comentarios fueron francamente intrascendentes. Resulta que vive en el mismo edificio que...

—En el mismo edificio... que ¿quién?

—Que Morris Althaus... en el Village. Ella tiene su apartamento en el piso de debajo del de Althaus. Ella había salido aquella noche y poco después...

—¿La misma noche en la que él fue asesinado?

—Sí. No me interrumpa. Poco después de haber regresado a su apartamento, la señorita Dacos oyó pasos de gente que bajaba por las escaleras. Le picó la curiosidad y quiso saber qué estaba ocurriendo... Se asomó por la ventana y vio a tres hombres que en aquel mismo instante salían de la casa, dirigiéndose apresuradamente a la esquina de la calle. No sabe por qué pero de buenas a primeras pensó que eran agentes del FBI. La única razón por la que pensaba que eran del FBI es que lo parecían; dijo que tenían el estilo. Ya se lo he comentado antes, ella no estaba demasiado enterada de lo que realmente estaba pasando y yo, por mi parte, desconocía la existencia de cualquier nexo entre Morris Althaus y el FBI. Además no tenía ni idea de que estaba trabajando en un artículo sobre el FBI. Acabo de enterarme ahora mismo, gracias a lo que usted me ha contado. No le perdonaré sus dudas sobre mí, pensando que les podía estar ocultando algún dato relevante para su investigación —la señora Bruner consultó su reloj de pulsera y fríamente añadió—. Tengo una cita a las dos y media... Son más de la una y me espera una reunión de comité...

Pulsé brevemente un botón. A los dos minutos apareció Pierre con la sopa de langosta. Le dije que sin esperar mi llamada, transcurridos diez minutos, se presentara con los pichones. Me disculpé ante la señora Bruner por querer matarla de hambre cuando mi intención inicial había sido invitarla a comer.

Por buena educación debería haber sido sincero con ella e informarla que ni Nero Wolfe ni yo nunca pagamos ni un centavo de lo que nosotros o nuestros huéspedes comemos en el Rusterman, con lo cual las dietas que a ella más adelante le correspondería abonar no se verían engrosadas. Pasé a disfrutar calladamente de los pichones *à la moscovite*, y a deleitarme con las setas *polonaise*, la *salade Béatrice* y el *soufflé Armenonville*... Para no perder la magia del momento descarté también volver a mencionar a la señorita Dacos. Nuestro común interés se centraba en el FBI.

Me enteré de que la señora Bruner había recibido 607 cartas en las que le agradecían el envío del libro. En otras

184 cartas, se mostraban molestos con su actitud y desaprobaban el envío, usando ya algunas palabras altisonantes y en 29 cartas anónimas la insultaban. De hecho, esperaba que este último grupo hubiese sido más numeroso. Entre los 10.000 destinatarios debía de haber dos centenares de miembros de la John Birch Society* y otras agrupaciones similares.

Aprovechando la llegada de los cafés volví a ocuparme de la señorita Dacos e hice una serie de cálculos. Si Wolfe se despedía de Hewitt, a las cuatro estaría de vuelta más o menos a las cinco y media. También podía ser que se quedase más tiempo y entonces hasta las seis y media no regresaría. Si fuese así, seguramente llegaría exhausto y necesitaría descanso acompañado de algún refresco que lo recompensase del esfuerzo de concentración tras el peligroso viaje en la oscuridad de la noche, continuamente acechado por millares de máquinas traidoras. Tendría que ser después de la cena.

Pierre nos sirvió el café, y tras salir de la sala, le dije decididamente a la señora Bruner: —Dé por hecho que el señor Wolfe querrá hablar con la señorita Dacos. Estoy de acuerdo con usted en que la joven quizás no sabrá nada, pero Wolfe querrá comprobarlo personalmente. ¿Podría usted comentarle que queremos entrevistarnos con ella en este mismo restaurante a las nueve de la noche de hoy? Descarto el despacho del señor Wolfe, dado que puede haber micrófonos.

—Ya le he dicho que sus comentarios fueron realmente intrascendentes.

Le dije que probablemente tenía razón. A Wolfe le encantaba escuchar a la gente, de cuyas palabras generalmente solía deducir datos elocuentes. Cuando la señora Bruner hubo apurado su taza de café, la conduje al despacho de Fé-

* Organización de extrema derecha, racista.

lix en la parte posterior del local para que telefonease a Sarah Dacos, y así acordar la cita para la noche.

La seguí por las escaleras y la acompañé hasta su coche. Regresé al local para tomar otra taza de café, mientras esperaba para llamar a Wolfe. No sería buena idea interrumpir su comida. Me senté, y reflexioné. Vaya, se me había escapado un detalle: no había preguntado si la señorita Dacos se encontraba en el despacho de la señora Bruner cuando Morris Althaus y Frank Odell hablaron con esta última. Sarah podía decírnoslo, pero esto era algo que Wolfe esperaba que yo solucionara. ¿Y si Sarah Dacos había informado a la policía acerca de los tres hombres que vio desde la ventana de su habitación? Se me ocurre que quizás en su declaración había quitado o incluido algo, según pensara en la policía o en la señora Bruner... Era imposible que divisara sus figuras doblando la esquina y no cabe duda de que no pudo anotar el número de la matrícula del automóvil desde una de las ventanas del edificio en el que vivía. Llegado a este punto era absolutamente necesario buscar una corroboración de datos, más bien para la primera alternativa (los hombres del FBI eran los artífices del asesinato de Althaus), y no para la que nosotros preferíamos.

Recordé cómo, al cruzar Washington Square, en mi desplazamiento del día anterior había pensado que era una coincidencia que Sarah Dacos viviese justamente en la calle Arbor... en el Village. Ahora podía haber más que una coincidencia; podía tratarse de causa y efecto.

A las tres entré en el despacho de Félix, y me puse a marcar el número de Lewis Hewitt. Tuve que esperar casi cuatro minutos, pero al fin oí la voz de Wolfe al otro extremo del hilo.

—¿Qué quieres Archie?

—Estoy en el Rusterman. He comido aquí con la señora Bruner. ¿Podrá pasar por aquí antes de las seis y media? Me gustaría despachar con usted algunos asuntos ocurridos en las últimas horas. Si le parece podemos quedarnos a cenar aquí mismo, puesto que a las nueve tengo previsto que nos entrevistemos con cierta persona...

—Ahí...

—Sí.

—¿Por qué en el Rusterman? ¿Por qué no en mi despacho?

—Será mejor aquí. A menos que se avenga a que una joven y atractiva muchacha se siente prácticamente en su regazo durante un par de horas con el volumen del televisor a toda marcha.

—¿Quién es la joven y atractiva muchacha?

—Sarah Dacos, la secretaria de la señora Bruner.

—Bueno, bueno... no sé si podré venir. Adiós. —Y Nero Wolfe colgó.

Marqué nuestro número. Yo, que conocía perfectamente a Wolfe, comuniqué a Fritz que íbamos a cenar en el Rusterman y que tendría que posponer para el día siguiente las costillas de ciervo maceradas que había estado preparando. A continuación localicé en la guía el número de la esposa de David Althaus, que procedí a marcar. Pero cuando ella atendió la llamada decidí no someterla a ningún interrogatorio. En realidad, yo sólo quería saber si había oído a su hijo hablar de una chica llamada Sarah Dacos. Le pregunté si tendría la amabilidad de recibirme a eso de las cuatro y media y le pareció bien. Disponía de tres horas por delante, y, tras sopesarlo, me decidí por emprender un paseo. Al salir, anuncié a Félix que Wolfe y yo cenaríamos en allí.

9

Me encontraba de nuevo en la habitación insonorizada, sentado cómodamente, con las piernas extendidas, enfrascado por enésima vez en mis reflexiones, cuando llegó Wolfe. Eran las siete menos veinte minutos. Lo acompañaba Félix. Sabiendo que aquélla era la hora más movida de la jornada, lo obligué a marcharse. Ayudé a Wolfe a quitarse el abrigo, lo colgué en una percha, y le dije:

—Espero que haya tenido una jornada interesante.

Wolfe me correspondió con uno de sus habituales gruñidos. Tomó asiento en el sillón que años atrás adquiriera Marko Vukcic para que lo utilizara exclusivamente su amigo. Cuando él no viene, el sillón es guardado en el cuarto en que Marko conservaba sus efectos personales.

—He llegado a una conclusión —me confió Wolfe—: los hombres de nuestros días son medio idiotas y medio héroes. Sólo los héroes pueden sobrevivir en el torbellino que es hoy la existencia y sólo los imbéciles pueden desearlo.

—Comprendo que a veces esto se hace duro —repliqué—. No obstante, creo que se sentirá más optimista cuando haya cenado. ¡Félix está preparando un pato!

—No podía ser de otra manera, porque sé que te chifla.

—Hasta ahora, sí. ¿Qué tal con Hewitt?

—Hewitt y tú sois muy parecidos en los gustos culinarios. Todo ha quedado arreglado. Saul me resultó muy útil, como de costumbre. Estoy francamente satisfecho.

Me dejé caer en una silla. —Puede que lo que voy a contarle no le satisfaga tanto, pero, por lo menos, lo inquietará saberlo: la señora Althaus asegura que no oyó nunca a su hijo hablar de Sarah Dacos.

—¿Y por qué había de hacerlo?

—He aquí uno de los puntos que me resultan de especial interés. Causa y efecto.

Le relaté las conversaciones que había mantenido y de los sucesivos movimientos con todo detalle, sin olvidar de qué modo despisté a los agentes secretos federales. Había sido aquél, realmente, nuestro primer contacto con el enemigo y este encontronazo se convertía para ellos en una muestra de cómo nos desenvolvíamos en determinadas circunstancias. El sillón del restaurante no era de las mismas características que el que Wolfe tenía en su despacho, pero también le permitía echarse hacia atrás con los ojos entrecerrados. Era realmente como estar en casa.

Al terminar mi discurso, Wolfe no movió ni un músculo de su rostro, ni abrió los ojos. Estuvimos tres minutos en absoluto silencio. Luego, seguí hablando. —Ya me hago cargo de que todo lo que he dicho lo ha aburrido..., si es que se ha molestado en escucharme. Creo, realmente, que no le importa si Morris Althaus murió en manos de uno o de otro... Lo único que suscita su interés es ese pato que se está cocinando... Le agradezco, pues, que no se haya puesto a roncar, tal y como están las cosas. Soy un hombre extremadamente sensible.

Nero Wolfe abrió los ojos. —He dicho que estoy satisfecho y ratifico mi declaración. Ahora bien, no acabo de entender por qué no te atreviste con esa mujer aquí mismo esta tarde. ¿Qué necesidad había de aguardar hasta la noche?

Asentí.

—Veo que su aburrimiento no le permite relacionar correctamente las cosas. Me dejó claro que deberíamos preferir, sin lugar a dudas, la segunda alternativa. Nuestro deber es agotar sus posibilidades. Sarah Dacos y Morris Althaus se hallaban en el mismo bloque de apartamentos cuando este último fue asesinado, o poco después. Puede que ella nos lo confirme en un sentido u otro. Si lo desea...

Se abrió la puerta de la sala y entró Pierre con una gran bandeja en sus manos. En mi reloj eran las siete y cuarto. Así que había quedado con Félix a las siete y cuarto. Wolfe tenía unas reglas. Por un lado la de la puntualidad y, por otro, una que siempre observaba rigurosamente: nada de hablar de trabajo durante la cena.

Nero Wolfe salió del reservado para lavarse las manos. A su regreso, Pierre había servido ya los mejillones y aguardaba pacientemente detrás del sillón, para ayudarlo a sentarse. Ya acomodado, tomó un mejillón con un tenedor, y se lo llevó a la boca. Masticó parsimoniosamente, tragó y dijo: —El señor Hewitt ha conseguido hacer florecer cuatro ingertos de *Miltonia sanderae* y *Odontoglossum pyramus*. Uno de los ejemplares obtenidos es digno de verse.

Así pues, habían dispuesto de tiempo para visitar el invernadero.

Alrededor de las ocho y media vino Félix para preguntar si podía hacerle una consulta con respecto al problema del abastecimiento de *langoustes* desde Francia por vía aérea. De sus palabras deduje que lo que Félix deseaba era la aprobación de Wolfe ante la eventualidad de adquirir *langoustes* congeladas. Desde luego, no la obtuvo. Pero Félix era un hombre terco y los dos continuaban discutiendo cuando Pierre hizo pasar a Sarah Dacos a la habitación. Llegaba a la hora concertada. Después de ayudarla a despojarse del abrigo le ofrecí una taza de café, que aceptó. Entonces la invité a sentarse a la mesa, esperando a que Félix se fuera para proceder a las presentaciones.

Wolfe solía calibrar a los hombres de un vistazo. Con las mujeres, sin embargo, no era capaz de ello por la convicción de que cualquier opinión sobre ellas sería equivocada. Miró a Sarah Dacos, por supuesto, más que nada porque iba a dirigirle la palabra. Le dijo que se imaginaba que la señora Bruner la habría informado de la conversación que sostuviera conmigo.

Sarah no se mostraba tan desenvuelta como en el despacho. Sus oscuros ojos habían perdido algo de viveza. La señora Bruner había señalado que la muchacha quizás había hablado por hablar. Contestó que sí, que la señora Bruner había estado hablando con ella e informándola de ello.

Wolfe entrecerró sus ojos unos momentos y luego parpadeó. Aquella luz no era como la de su despacho. Además, había tenido que forzar mucho la vista en el transcurso de la jornada. —Me intereso especialmente por Morris Althaus —dijo—. ¿Lo conocía usted bien?

Ella negó con la cabeza. —En realidad, no.

—Vivían los dos bajo el mismo techo, prácticamente.

—Bueno... Eso no significa nada en Nueva York, como usted ya sabe. Me mudé a mi apartamento hace un año, más o menos. Nos vimos en el vestíbulo en cierta ocasión y descubrimos con sorpresa que nos conocíamos de antes... durante una visita que él y ese tal Odell habían realizado al despacho de la señora Bruner. Después cenábamos juntos... Un par de veces al mes.

—Eso no les llevó a tratarse con alguna intimidad.

—No sé qué entiende usted por «intimidad»... No éramos íntimos.

—Pues... Dejémoslo y vayamos a lo que importa: la velada del día veinte de noviembre, un viernes. ¿Cenó usted con el señor Althaus aquella noche?

—No.

—¿Salió usted?

—Sí. Asistí a una conferencia que dieron en la New School.

—¿Fue sola?

Ella sonrió. —Usted es como el señor Goodwin: a cada pregunta se empeña en demostrarme que su profesión es la de detective. Pues, sí, fui sola. La conferencia versaba sobre el tema de la fotografía, me interesa la fotografía.

—¿A qué hora regresó a su apartamento?

—A las once menos diez minutos. Quería escuchar las noticias que dan a las once en punto.

—¿Qué pasó? Sea precisa en los detalles, por favor.

—No hay mucho que precisar. Entré en la casa y subí la escalera. Entré en el apartamento, me quité el abrigo y me bebí un vaso de agua. Empezaba ya a desnudarme cuando oí unos pasos sigilosos en la escalera. No sé por qué, pero sentí curiosidad por saber quién era. El edificio consta de cuatro plantas solamente, y la mujer que vive en la última estaba en Florida. Me acerqué a una ventana y la abrí lo suficiente para poder sacar la cabeza. Tres hombres salieron del inmueble, torciendo hacia la izquierda, y después la esquina. Casi corrían —Sarah movió su brazo—. Eso fue todo.

—¿Ninguno de los tres desconocidos se dio cuenta de que usted acababa de abrir la ventana? ¿Ninguno levantó la cabeza y miró?

—No. Abrí la ventana unos segundos antes de que ellos abandonaran el edificio.

—¿Hablaron entre ellos?

—No.

—¿Identificó usted a alguno de los tres hombres?

—No. Por supuesto que no.

—Nada de por supuesto. No los identificó, sencillamente.

—Cierto.

—¿Sería capaz de reconocerlos si los tuviera delante?

—No. No vi sus rostros.

—¿Observó en ellos algunas peculiaridades? Me refiero a su estatura, a su manera de caminar...

—Pues... no.

—¿Seguro?

—No.

—Y luego, se fue a dormir.

—Sí.

—Después de entrar en su apartamento, antes de percibir aquellos pasos en la escalera, ¿llegó a sus oídos algún ruido procedente de la planta superior, del apartamento del señor Althaus?

—No oí nada. Me moví de un lado a otro, quitándome el abrigo y colgándolo de una percha. Abrí el grifo y dejé correr el agua, para bebérmela fresca. Además, la habitación de Morris Althaus tenía una alfombra muy gruesa.

—¿Visitó usted alguna vez su apartamento?

Sarah Dacos bajó la cabeza. —En varias ocasiones. Tres o cuatro veces. Cuando cenábamos juntos solíamos tomar el aperitivo allí.

Sarah Dacos cogió su taza. Su pulso era firme. Le hice notar que su café se había enfriado, le ofrecí otra taza, pero ella me contestó que no me preocupase, que ya le estaba bien así. Wolfe, en cambio, se sirvió un poco, tomando un sorbo.

—¿Cuándo y cómo se enteró usted de que Morris Althaus había sido asesinado?

—Por la mañana. Los sábados no trabajo y me acuesto tarde. Llegó Irene, la mujer de la limpieza, y llamó a mi puerta. Habían dado ya las nueve.

—Entonces, ¿fue usted quien telefoneó a la policía?

—Sí.

—¿Dijo usted a la policía que había tomado a los tres desconocidos por agentes del FBI?

—No. No formulé ninguna afirmación en tal sentido. Yo estaba... muy impresionada. No había visto ningún cadáver hasta entonces. Bien, excepto en el ataúd.

—¿Cuándo dijo a la señora Bruner que, en su opinión, los tres desconocidos eran agentes del FBI?

Los labios de Sarah Dacos se movieron. Vaciló un momento. —El lunes siguiente.

—¿Por qué pensó que eran agentes secretos federales?

—Lo parecían. Me parecieron jóvenes y... de constitución atlética. Me llamó la atención también su forma de andar.

—Usted me dijo antes que no observó ninguna peculiaridad especial en sus figuras.

—Yo no calificaría eso de peculiaridad... —Sarah se mordió los labios—. Sabía que me haría esa observación. Creo que debo admitir... Bueno. He aquí la causa principal de que yo me expresara en aquellos términos: sabía lo que ella pensaba acerca del FBI. Le había oído hablar del libro que distribuyó y me imaginé que le gustaría... quiero decir, creí que mi opinión se acomodaría mejor a sus ideas. Me desagrada admitir esto, señor Wolfe. Ya me doy cuenta de cómo suena. Espero que no ponga este detalle en conocimiento de la señora Bruner.

—Lo pondré en su conocimiento solamente si es útil a algún fin —Wolfe tomó otro sorbo de café y me miró—. ¿Archie...?

—Uno o dos pequeños detalles, quizá —la miré fijamente y ella me devolvió la mirada. Sus ojos parecían todavía más oscuros al fijarse abiertamente en los míos—. Supongo que la policía ya le habrá preguntado cuándo habló usted por última vez con Althaus. ¿Cuándo fue eso?

—Tres días antes de aquel viernes. El martes por la mañana, en el vestíbulo. Hablamos no más allá de un minuto o dos. Fue un encuentro casual.

—¿Alguna vez le había comentado que estaba trabajando en una serie de artículos sobre el FBI?

—No. Jamás me habló de su trabajo.

—¿Cuándo fue la última vez que estuvo con él, cenando juntos o por cualquier otro motivo?

—Una semana antes más o menos. Un día del mes de octubre. Cenamos juntos.

—¿En un restaurante?

—Sí. En Jerry Joint.

—¿Conoce usted a la señorita Marian Hinckley?

—¿Hinckley? No, no me suena...

—¿Y a un hombre llamado Vincent Yarmack?

—No, tampoco.

—¿Y a otro llamado Timothy Quayle?

—No.

—¿Los mencionó Althaus alguna vez en su presencia?

—No, que yo recuerde, aunque podría haberlos mencionado.

Enarqué las cejas, mirando a Wolfe. Éste se quedó ensimismado, contemplando en silencio a la joven durante medio minuto. La miró, gruñó y le dijo que dudaba que les hubiese descubierto algo útil, por lo que daba por infructuosa la entrevista. Mientras él hablaba, yo me levanté para ayudar a la señorita Dacos a ponerse el abrigo.

Wolfe continuó sentado. A veces se pone de pie cuando una mujer va o viene a su alrededor. Probablemente, sus movimientos, en tales casos, obedecen a determinadas normas que se ha fijado, pero yo nunca he logrado establecerlas con claridad. Sarah Dacos me dijo que no tenía por qué molestarme acompañándola hasta la escalera. No obstante, en mi afán de demostrarle que hay detectives privados con buenos modales, la seguí. Ya en la acera, mientras el portero hacía señas a un taxi, ella me puso una mano en el brazo, indicándome que me quedaría muy agradecida si no dijéramos nada a la señora Bruner. Respondí dándole una palmadita en la espalda. Dar una palmada puede significar desde una excusa a una promesa y sólo el tiempo puede decirlo.

Cuando volví a la habitación, Wolfe seguía sentado en el mismo sillón. Había juntado las manos beatíficamente sobre su vientre. Nada más cerrar la puerta, me preguntó: —Archie... ¿Crees que miente?

Contesté afirmativamente, y tomé asiento.

—¿Cómo puedes estar tan seguro?

—No quiero entrar en ninguna discusión, sobre todo porque parto de una evidencia en cuanto al hecho que resulto más atractivo que usted para las mujeres. Aun así, ya se habrá dado cuenta de que la muchacha no es tan tonta como para sugerir lo que sugirió a la señora Bruner sobre los hombres del FBI con el único fin de hacerle la pelota. A mí me parece que Sarah Dacos no tiene ni un pelo de tonta. Estoy convencido de que su declaración está asentada en sólidas razones. Todo eso de la forma de andar y de la complexión atlética es una bobada, es una forma de despistarnos. Voy a arriesgarme en una hipótesis: al entrar en el bloque de pisos oyó unos ruidos; subió al apartamento de Althaus, para escuchar atentamente junto a su puerta. Seguramente algo oyó... y muy a mi pesar me inquieta esta suposición, puesto que lo que tendría que haber hecho es comunicárselo a la policía cuando la interrogaron. Si pienso en positivo, quizás lo que pretende esconder es algún detalle íntimo que sólo le atañe a ella, o bien un comentario que ella no quiso que se divulgara, como, por ejemplo, que sabía que Althaus hacía un trabajo sobre el FBI.

—¿Cómo crees que llegó a enterarse?

—Sin duda entre ellos debía de haber más confianza de la que Sarah quiso transmitirnos. Es la mentira que las mujeres dicen más fácilmente. La repiten desde hace mil años. Todo cuadra. Vivían en la misma casa; a él le gustaban las faldas y la joven no es ningún fantoche, lo cual salta a la vista. Él le había contado toda la historia. Llegaría a comentarle, incluso, que era muy probable que los agentes registraran su apartamento cuando él se ausentase. En consecuencia, es natural que la muchacha...

—Subiese para comprobar si él estaba allí, ¿no?

—Al ver salir a los tres hombres es cuando subió, y vio que la puerta estaba cerrada con llave. Llamó con los nudillos o tocó el timbre, pero nadie le respondió. Bueno, aquí tienes mi respuesta a tu pregunta de si miente. Yo estoy convencido de que lo está haciendo.

—Entonces, Archie, necesitamos la verdad. Decúbrela.

¡Ése era el verdadero Nero Wolfe! No me cree capaz de llevarme una muchacha al Flamingo y descubrir sus más recónditos secretos tras un par de horas de baile. No lo cree, pero finge lo contrario, porque piensa que esto me estimula a actuar.

—Tendré en consideración su propuesta —respondí—. Lo consultaré con la almohada que me lleve al diván del despacho. Y ahora, le pido que cambiemos de tema. Anoche me preguntó si se me ocurría alguna maniobra que contribuyese a hacer creer a Wragg que fue uno de sus hombres el autor de la muerte de Althaus. Le dije que no, pero se me ha ocurrido algo. Esa gente vigila a Sarah Dacos y eso quiere decir que están enterados de nuestra cita. Ellos saben donde vive, pero ignoran lo que vio u oyó aquella noche, con lo cual se deduce que tampoco pueden saber lo que ahora nos ha contado. Sólo huelen que podría ser algo de lo que sucedió aquella noche. Y esto, sin duda, nos ayuda.

—Quizás no vayas muy desencaminado.

—Eso creo. Le propongo que salgamos ahora mismo de aquí y que vayamos a casa de Cramer. Pasemos una hora en su compañía. Así ellos creerán que hemos conseguido algún dato decisivo gracias a la intervención de Sarah Dacos que puede ayudarnos a resolver el asesinato de Althaus. También eso nos favorece.

Wolfe movió la cabeza, dubitativo. –Diste a Cramer nuestra palabra de honor...

–Solamente por lo que respecta a nuestra entrevista, a lo de vernos y hablar. Vamos en su busca porque al intentar descubrir una cosa sobre el FBI, hemos topado con Morris Althaus, un hombre que se estaba ocupando de la organización. Lo que le diremos es que Sarah Dacos nos ha revelado un detalle acerca del asesinato que nos parece justo que Cramer conozca. Nuestra palabra de honor continúa siendo sólida y válida como el oro.

–¿Qué hora es?

Consulté mi reloj. –Faltan tres minutos para las diez.

–El señor Cramer estará ya en la cama y nosotros no tenemos nada sustancioso que ofrecerle.

–¿No? Conocemos a una persona que posee un buen motivo para pensar que los tres desconocidos eran agentes del FBI, aunque por ahora prefiere reservárselo. A Cramer eso le parecerá un manjar delicioso.

–Pero ése es nuestro manjar, ¿no? Pondremos a la señorita Dacos en manos de Cramer única y exclusivamente cuando ella sea nuestra. –Nero Wolfe se reclinó pesadamente en su sillón–. Ponte manos a la obra mañana. Ahora estoy demasiado cansado. Te sugiero que nos vayamos a casa y nos acostemos inmediatamente.

10

A LAS DIEZ Y TREINTA Y CINCO MINUTOS de la mañana del sábado estaba plantado ante el número 63 de la calle Arbor con un par de llaves. Utilicé una llave para abrir la puerta de entrada del edificio. Subí dos tramos de la escalera de madera, eché mano a la otra llave y me deslicé en el apartamento que había pertenecido a Morris Althaus.

Mi instinto profesional me guiaba en el intento de averiguar lo que Sarah Dacos nos escondía. Quizás debería haber utilizado otro método más discreto, pero el tiempo apremia y prefería esta opción que no la posibilidad de convencerla a pasar una velada de baile en el Flamingo. Y el tiempo apremiaba mucho más por una información publicada en la página vigésimo octava del diario matinal, que estuve hojeando durante mi desayuno en la mesa de la cocina.

He aquí el texto, cuyo título era «¿Dedos cruzados?»:

> «Desde luego, los Diez de Aristología, uno de los más selectos grupos de *gourmets* de Nueva York, no creen que la historia se repita. Lewis Hewitt, hombre de gran fortuna, personaje destacado de la buena sociedad, criador de orquídeas y aristólogo, obsequiará al grupo con una cena en su casa de North Cove, Long Island, el jueves, día 14 de enero. El menú ha sido elegido por Nero Wolfe, el célebre investigador privado. La preparación de la cena estará a cargo de Fritz Brenner, el *chef* del señor Wolfe, quien, junto con Archie Goodwin, su ayudante, participarán en el ágape como huéspedes.

»Nos viene a la memoria otra ocasión en que el señor Brenner también preparó la cena de los Diez, en la cual estaban presentes los señores Wolfe y Goodwin, en casa de Benjamin Shriver, el magnate naviero. Tuvo lugar el 1 de abril de 1958, y uno de los integrantes del grupo, Vincent Pyle, gerente de una firma de Wall Street, resultó envenenado. Había ingerido una pequeña dosis de arsénico con el primer plato, que le sirvió Carol Annis, quien, consecuentemente, fue acusado del delito de asesinato en primer grado.

»Ayer, un reportero del *Times*, rememorando el desafortunado incidente, telefoneó al señor Hewitt, preguntándole si algún miembro del grupo había mostrado cierta repugnancia ante la perspectiva de la reunión del jueves. El señor Hewitt negó tal posibilidad. Cuando el reportero le preguntó si mantendría los dedos cruzados para eludir la mala suerte, el señor Hewitt replicó: —No creo. No podría manejar el tenedor y el cuchillo.»

A pesar de todo, será una cena excelente entre buenos amigos. Señalar el jueves 14, era la fecha que nos había costado a Wolfe y a mí una calurosa discusión. Yo insistía en que el evento debía ser divulgado de tal manera que la fecha no quedase del todo clara. Y Wolfe me rebatió diciendo que Hewitt, al telefonear a sus amigos, tendría que mencionar un día concreto. Sugerí que podía decirles que, de momento, no le era posible concretarla, porque todo dependía de que Fritz recibiera algo que le enviaban por vía aérea desde Francia. A los buenos *gourmets* les chiflan los productos culinarios franceses enviados por avión. Todo esto era un lío con el que ahora teníamos que enfrentarnos con sólo cinco días de tiempo.

Además, no me había gustado la manera de abordar a Sarah Dacos. Inmediatamente después del desayuno, telefoneé a la señora Althaus para preguntarle si podía concederme diez minutos. Me contestó que sí y me puse en camino, prescindiendo del todo de mi probable seguidor. Francamente prefería que me viesen insistir en mis visitas a los Althaus.

Le dije que se habían producido algunos acontecimientos que nosotros oportunamente le explicaríamos, una vez interpretados, y que supondría un paso adelante en nuestra labor permitirme que echara un vistazo a las cosas que hubieran quedado en el apartamento de su hijo, por muy insignificantes que ella creyese. Me indicó que desde el día de su muerte no se había tocado nada. El alquiler había sido pagado por un año y por ahora nadie se había interesado en él. Según parece, incluso la policía había respetado bastante la disposición original de los objetos. Sin embargo, temía que hubiesen entrado igualmente sin pedirle permiso. Le prometí que no tocaría nada sin su autorización previa. Entonces, la señora Althaus cogió la llave, sin consultar a su abogado ni a su esposo. Quizás era una señal de que yo caía mejor a las mujeres maduras que a las muy jóvenes. No sé. Pero no intenten decírselo a Nero Wolfe.

A las diez y treinta y cinco minutos de la mañana del sábado me adentraba en el apartamento del difunto Morris Althaus. Cerré la puerta y di una ojeada rápida a mi alrededor. No estaba nada mal el piso, si no fuese por los pésimos cuadros que aquí y allá había colgados. Como ya había destacado Sarah Dacos, la alfombra era muy gruesa. Había un diván bastante grande, que tenía delante una mesita de café; cerca de una lámpara me gustó un cómodo sillón en el que Wolfe se tumbaría sin remordimiento alguno; conté cuatro sillas y descubrí otra mesa de reducidas dimensiones en cuyo centro había un objeto de metal que debía de haber sido creado por un chico mañoso con todo tipo de herramientas metalúrgicas, a partir de un trozo de chatarra encontrado en cualquier garaje. Sobre el escritorio había poca cosa, sólo una máquina de escribir justo al lado del teléfono. En casi todas las paredes había estanterías repletas de libros con anaqueles desde el suelo hasta el techo. Los cuadros eran realmente un desastre, y no quiero perder el tiempo hablando de ellos. Hubieran sido adecuados en un juego de adivinanzas, si alguien conociera las respuestas.

Dejé sombrero y abrigo encima del diván y comencé a pasearme de un lado para otro. En el cuarto de estar había dos armarios. Le seguían el baño, una cocina pequeña, un dormitorio con una sola cama, un armario ropero, una cómoda, dos sillas... En la cómoda observé detenidamente unas fotografías enmarcadas de los señores Althaus, lo que me hizo pensar que Morris no había renegado por completo de sus familiares, sólo de Peggy Pilgrim. Volví a la sala de estar y me esmeré en mi inspección. Tenía problemas para ver con comodidad, ya que las cortinas estaban corridas. Tuve que encender la luz. Una espesa capa de polvo cubría todos los objetos. Como había entrado en el apartamento legalmente, no me molesté en ponerme los guantes.

Cabe decir que no esperaba hacer ningún descubrimiento trascendental, nada que señalara a nadie o a algo en particular. La policía había pasado ya por allí, si bien ellos no estaban buscando lo mismo que yo. Sarah Dacos, por ejemplo, no se me iba de la cabeza. Como no tengo ni tiempo ni ganas de inventariar aquí los objetos del piso y lo que contenían todos y cada uno de los cajones, mencionaré una sola cosa: las trescientas ochenta y cuatro páginas de una novela sin terminar. Conseguí leer página y media. Estuve buscando desesperadamente algún personaje femenino que se pareciese a Sarah Dacos pero lo dejé por lo titánico que me resultaba en ese momento el esfuerzo. Preferí dedicar mi tiempo a otras cosas. Y las descubrí en el dormitorio, en el último cajón de la cómoda. Mezcladas con diferentes objetos, hallé una docena de fotografías. Ninguna era de Sarah Dacos. Pero sí había una de Althaus, en la que aparecía tumbado en el diván del cuarto de estar, de costado, y como Dios lo trajo al mundo. Era la primera vez que lo veía desnudo, ya que en los retratos publicados por la *Gazette* había aparecido muy púdico. Me fijé en su musculatura y en su vientre plano. Pero el reverso de la fotografía resultaba mucho más interesante que el anverso. Alguien había escrito un poema, o parte de él. Como me autorizan a reproducirlo, dice así:

> Audaz amante, siempre, siempre la besarás
> Y alcanzarás la meta deseada, y nunca te irás;
> Ella no se marchitará y tú serás feliz,
> Para siempre amarás y ella será siempre bella.

No he leído todos los libros de poesía que se han publicado, naturalmente. Pero lo que sí es cierto es que Lily Rowan posee una excelente colección de ellos y en ciertas ocasiones me ha pedido que le lea algunas composiciones líricas. Y el texto que tenía ante mí me sonaba muchísimo. Lo recordaba porque en él había algo que me resultaba extraño, aunque no llegaba a percibir qué podía ser. Aunque, en este caso, lo esencial era saber quién había escrito la poesía en cuestión. Evidentemente, Althaus no era el autor, pues aquella no era ni mucho menos su letra, que ya conocía por otros documentos manuscritos. ¿Y si fuera de Sarah Dacos? En caso afirmativo, podía contar ya con algo, con algo sustancioso. Dejé el original retrato sobre la cómoda y seguí buscando infructuosamente.

Le había prometido a la señora Althaus que no tocaría nada sin su permiso, pero pronto me sentí tentado de llevarme la fotografía. No tenía ni que sacarla del edificio. Yendo al piso inferior podría salir de dudas preguntando a Sarah si había sido ella quien había escrito el poema.

Pero conseguí reprimirme. Me gustaba esa tensión añadida e imprevista. Salí del apartamento y del edificio y, una vez en la calle, localicé una cabina telefónica desde la que marqué el número de la señora Bruner. Le anuncié que deseaba ir a verla, que quería hacerle unas preguntas. Me contestó que no saldría de su casa hasta la una. Eran solamente las doce y veinte. Me apresuré a buscar un taxi.

La encontré en su despacho, sentada detrás del escritorio con unos papeles. Me esperaba, pues se desentendió rápidamente de su quehacer y me preguntó si la señorita Dacos había ido a verme, según lo acordado, añadiendo que había esperado que Sarah telefoneara, pero no lo había hecho. Le dije que sí, que la había visto y se había mostrado muy cooperadora. Alcé la voz cuando le confesé que su secretaria había estado muy amable, pensando que lo más probable era que la habitación contase con algún micrófono oculto.

Tomé asiento e inclinándome hacia ella le pregunté en voz baja: —¿Le importa que hablemos así, susurrándonos las palabras?

La señora Bruner frunció el ceño. —No sea ridículo...

—Lo puedo parecer, señora Bruner, pero creo que resultaría más seguro hablar así entre nosotros. Seré breve. Sólo le querría pedir una muestra de la letra de Sarah Dacos. Cualquier cosa me servirá Una nota que con cualquier motivo le haya dirigido a usted. Ya sé que mi solicitud le parecerá absurda. Le prometo que no lo es. Le pido ante todo que confíe en mi, pues sigo instrucciones estrictas del señor Wolfe y no me gustaría decepcionarlo.

—¿Por qué...? —empezó a decirme la señora Bruner.

La interrumpí alzando la palma de mi mano derecha. —Si usted no quiere susurrarme las palabras, le ruego que me dé lo que he solicitado y me iré.

Pasados cinco minutos salía de la casa de la señora Bruner llevando en un bolsillo dos muestras de la letra de Sarah Dacos: una hoja de calendario en la que había hecho una anotación de nueve palabras y un informe dirigido a la señora Bruner que constaba de seis líneas.

Tenía la impresión de que las mujeres de mediana edad constituían la espina dorsal del país. No había dicho ni una palabra. Había rebuscado en un cajón y sacado el informe y había arrancado la hoja del calendario, manifestando en voz más alta que nunca: –Le pido que me comuniquen cualquier cosa que crean que puede ser digna de mi interés.

¡Esto es un buen cliente!

Dentro del taxi que me conducía al centro de la ciudad, estudié detenidamente las dos muestras. Tenía un noventa y nueve por ciento de probabilidades a mi favor de acertar en mi hipótesis... Subí los dos pisos del edificio número 63, en la calle Arbor. Entré en el dormitorio, y fui directamente a buscar la fotografía. Una vez entre mis manos, me instalé en un cómodo sillón, encendí la lámpara que tenía al lado y efectué la comparación de las escrituras. No soy grafólogo, pero tampoco se necesitaba uno. La persona que había escrito los textos en las dos hojas de papel era la misma que redactó la poesía en el reverso de la fotografía. Llegué a una conclusión. Me dije que la memoria de Sarah Dacos sufrió un grave fallo al declarar que entre ella y Morris Althaus no había habido ninguna relación íntima.

Evidentemente surgió de inmediato una pregunta. ¿Debía de telefonear a la señora Althaus, pidiéndole permiso para llevarme la fotografía? Tenía claro que dejarla allí era correr un riesgo innecesario. Si Sarah disponía de medios para entrar en el apartamento y localizaba la foto, estaba convencido de que la haría desaparecer lo antes posible. Cogí un folio y lo doblé con cuidado, introduciendo el retrato en uno de sus pliegues. Era un poco grande para el bolsillo pequeño de mi chaqueta, pero logré hacer que cupiese.

Por costumbre me detuve brevemente a examinar que todo lo que había a mi alrededor quedase como lo había encontrado. Sin perder ni un segundo, salí de ahí con mi botín. Al pasar cerca de la puerta del apartamento de Sarah Dacos le arrojé un beso con la punta de los dedos. Cuando estaba ya a medio pasillo hacia la cabina del ascensor me detuve y eché un vistazo a la cerradura. Era una Bermatt, la misma que hace un momento había abierto legalmente en el piso de Morris.

Desde la cabina que me había servido para hablar con la señora Bruner telefoneé a la señora Althaus. Cuando me contestó, le notifiqué apresuradamente que todo había quedado en orden en el apartamento de su hijo. Le pregunté si deseaba que le devolviese enseguida las llaves, pero me respondió que lo hiciese cuando me viniera bien, que no tenía prisa.

—A propósito... me he llevado una cosa —creí que lo mejor era anteponer mi sinceridad, una de las normas que marcaban mi estilo—. No creo que usted se moleste por ello. En uno de los cajones de la cómoda hallé una fotografía de un hombre... y considero que sería interesante identificarlo. ¿Me da usted su permiso para que la examine?

La mujer me dijo que yo era un tipo muy misterioso... pero que podía llevármela. Me hubiera gustado decirle lo que pensaba de las mujeres de mediana edad, pero no le tenía confianza suficiente. Marqué inmediatamente otro número. A Mimi, la persona que atendió mi llamada, le indiqué que deseaba hablar con la señorita Rowan, cuya voz familiar llegó a mi oído casi en el acto.

—Dentro de diez minutos tendremos la mesa puesta. Acércate hasta aquí.

—Eres demasiado joven para mí. He decidido que las mujeres de menos de cincuenta años... ¿Son? ¿Qué son?

—¿Pueriles?

—Tengo cosas que contarte, dos para ser certero. La primera: he de estar en casa a medianoche sin falta. Duermo en el despacho y... Ya te lo explicaré todo con pelos y señales cuando nos veamos.

—¡Dios santo! ¿Ha alquilado a alguien tu habitación?

—Pues... en realidad, sí, por una noche. Pero eso prefiero no explicártelo. Espera un instante —cogí el aparato con la mano derecha mientras utilizaba la otra para sacarme la fotografía del bolsillo—. Aquí tengo una poesía. La leí con sentimiento.

—¿La conoces?

—Ciertamente. También tú.

—No. Aunque me suena bastante.

—¿Dónde la has encontrado?

—Te lo diré algún día. ¿Puedes ser más explícita, querida?

—Es una imitación de los cuatro últimos versos de la «Oda a una urna griega», de Keats. Es una culta imitación, pero no hay que bromear con Keats. Eres un buen detective, bailas como los ángeles y posees varias cualidades que me chiflan, pero... no llegarás jamás a ser un erudito. Ven a casa y léeme a Keats un rato, ya sabes que me haces soñar como nadie.

Repliqué que era demasiado joven para mí y colgué. Guardé cautelosamente la fotografía, salí de la cabina y tomé mi quinto taxi en cinco horas. Nuestra cliente era una potentada y yo me aproveché.

A las dos menos cinco colgué sombrero y abrigo en el perchero de nuestro vestíbulo. Ya en el comedor vi que Wolfe estaba preparado para el ágape y le dije que parecía que iba a nevar y me fui a la cocina. Cuando ha empezado una comida, no me siento con él. Hemos convenido que cuando uno come carne o pescado, no es bueno para el ambiente que el otro remolonee con pasteles o queso. Fritz me había arreglado ya la mesa en la que desayuno normalmente y me trajo lo que había quedado de pescado. Le pregunté qué tal iban sus preparativos para el menú del banquete del jueves siguiente.

—No hemos hablado de eso —me dijo—. No hemos hablado de nada, Archie. Estoy desesperado. Antes de ponerse a comer estuvo en mi habitación conversando más de una hora, con el televisor a todo volumen. Ya que eso es tan peligroso, yo optaría por no pronunciar ni una palabra.

Le dije que volveríamos a la normalidad para cuando las huevas de sábalo llegaran y levantó los brazos diciendo «*Mon Dieu*». Cuando terminé de comer me fui al despacho, donde encontré a Wolfe inclinado sobre un enorme globo terráqueo, dándole vueltas y contemplando atentamente su superficie. El hombre que se lo había regalado no tenía ni idea de lo útil que resultaría. Era su método preferido de evasión: con sólo cerrar los ojos podía escoger el lugar del mundo en el que en aquel mismo instante le gustaría estar. Es una solución fantástica, maravillosa.

Al verme, se apresuró a preguntarme si había algo nuevo. Tuve la tentación de mentirle para que no me agobiara, pero cambié de idea. Le dije que había noticias frescas. Encendió la radio, subió estrepitosamente el volumen y se sentó frente a su mesa. Yo coloqué una silla junto a él y le hice un detallado informe. No invertí mucho tiempo. Casi todo acción y casi nada de diálogos. Fácil de resumir. A propósito no mencioné mi conversación telefónica con Lily Rowan, ya que se trataba de una cuestión puramente personal.

Wolfe leyó dos veces la poesía y prefirió obviar la fotografía, comentando que la joven poseía cierto instinto para la rima.

—Ya te dije que no era tonta la chica —manifesté—. Ha demostrado una gran habilidad al hacer esto con esos cuatro versos de la segunda estancia de la «Oda a una urna griega», de Keats.

Wolfe me contestó sin pestañear. —¿Y cómo diablos sabes eso? ¡Si no has leído nunca a Keats!

Me encogí de hombros. —Durante mi infancia en Ohio una de nuestras distracciones invernales era memorizar poesías y ésta es una de ellas. De mi buena memoria pocas veces presumo... pero de esto —añadí enarbolando la foto— voy a jactarme con gusto. Ya sabemos por qué mintió la chica. Está implicada, aunque no sé hasta qué punto. Probablemente, no ha querido admitir su relación con Morris Althaus para que nadie se figurara que le había hablado del FBI. También es posible que su papel en este asunto no sea nada superficial. Lo deduzco por algunas partes del poema, como «Para siempre amarás» o «siempre, siempre la besarás». Pero él le dijo que iba a casarse con otra, y lo mató, probablemente con un arma de él. La segunda alternativa, por la que nosotros estamos batallando. Es una mujer sagaz y no sería fácil acorralarla. Puede que sea capaz de demostrar que asistió a la conferencia que mencionó, pero es más que seguro que mintió respecto a la hora en que salió de ella. Cabe pensar, incluso, que no fuera. Habría pasado la noche en el 63 de la calle Arbor y habría matado al «audaz amante» antes de que los agentes federales llegasen a la casa. ¿Qué le parece esta hipótesis?

—Es una conjetura plausible.

—Habré de estudiar mejor hasta qué punto es sólida su coartada de la conferencia. Por la declaración de Cramer, se desprende que los federales se marcharon alrededor de las once. Peinaron el lugar, fueran o no fueran los causantes de la muerte de Morris Althaus; lo que sí está claro es que se llevaron los documentos en los que él había estado trabajando. En consecuencia, llegarían no más tarde de las diez y media u once menos veinte. Si lo mató ella, la muchacha tendría que haber salido del piso con anterioridad. La New School se encuentra en la calle Doce. Si alguien la ha visto durante la conferencia, a las diez y veinte, incluso a las diez y cuarto, su coartada es realmente sólida. Iniciaré las indagaciones.

—No.

—¿Por qué no?

—No. Si esa gente se diese cuenta de lo que estás haciendo, gracias a la vigilancia que ejerce o por cualquier descuido tuyo, sabría que estamos considerando seriamente la posibilidad de que Sarah Dacos sea la asesina, lo cual sería realmente desastroso. Hemos de hacerles creer a esos hombres que nosotros estamos convencidos de que fue un miembro del FBI quien asesinó a Morris Althaus y que hacemos cuanto está en nuestras manos para hallar pruebas con las que demostrarlo. De no ser así, nuestros preparativos para la noche del próximo jueves serían en vano. Para proteger nuestra posición, necesitábamos saber si Sarah mentía o no... De entrada, sabemos que mintió para ocultar el hecho de que estaba metida en el asunto. Nos daremos por satisfechos con esto. Por otro lado, para nosotros no es relevante saber si no quería que se divulgaran sus íntimos secretos, o bien si lo asesinó ella.

—A Cramer le gustaría saber esto, después de que nos ha dejado el timón. Creo que lo mejor será contárselo... Se sentirá aliviado.

—¡Bah! Cuando nosotros mismos nos sintamos aliviados por la resolución de los hechos, quizás entonces sea un buen momento de hablar con el inspector. Tal como están las cosas, nos hallamos muy cerca de poder saber quién fue el asesino. Si no es un miembro del FBI, como nuestro amigo espera y desea, no nos dará las gracias, pero tampoco le deberemos excusa alguna.

—Entonces olvidémonos del crimen hasta el jueves.

—Me parece lo mejor.

—Perfecto. Las agencias cierran hoy y mañana, así que Hewitt no podrá comenzar sus preparativos hasta el lunes. Por si sucede algo imprevisto, le aviso que esta noche estaré en el Flamingo. Quizás finalmente Hewitt se eche atrás, diciéndonos que es mucho lío, y que es mejor que nos busquemos a otra persona. Mañana, la señorita Rowan me espera juntamente con un grupo de amigos deseosos de hacer honores a una buena mesa y de mover el esqueleto. Me añadiré a la concurrencia con la intención de vaciar los ceniceros. ¿Hay alguna instrucción para esta tarde?

—Apaga de una maldita vez esa radio —gruñó Wolfe.

11

Esos cuatro días, con sus cuatro noches, desde la tarde del sábado, no dejé de preocuparme. Wolfe había dicho que teníamos que olvidarnos del crimen. El miércoles por la mañana, sin embargo, hice algo por mi cuenta y riesgo.

Existían dos aspectos que merecían una atención especial. El primero: si la hipótesis acerca de Sarah Dacos parecía constituir un hecho indudable, resultaba que yo había retirado del escenario del crimen una prueba que continuaba en mi haber. Desde luego, la policía desconocía este hecho. No sé si habían visto la fotografía, extremo del todo posible, y después la habían vuelto a dejar en el mismo sitio. De hecho había sido la señora Althaus quien me diera las llaves del apartamento. Ello suponía una salida legal.

Era el segundo aspecto el que realmente me preocupaba. Cramer había impedido que nos retiraran las licencias profesionales, por lo menos hasta aquel momento. Y a mí, Archie Goodwin, me había invitado a dialogar a la vera de un cartón de leche y me había dado noticias reservadísimas sobre un crimen. En algunas ocasiones no me desagrada seguir el juego a la policía (a veces uno tiene ganas y otras se ve obligado), pero aquello venía a ser algo distinto. Personalmente, yo me sentía en deuda con Cramer.

Me preocupaba, pues, tal extremo. Pero existía otra cosa que me quitaba el sueño aún más: el acto que Wolfe estaba montando, uno de los más fantásticos de su repertorio. Parte de él, casi la mayor parte, escapaba a nuestro control. Por ejemplo, cuando el lunes llamé a Hewitt desde una cabina telefónica, él me contestó que en una agencia había conseguido a un actor y en otra a otro, y que ambos se presentarían en su casa el martes por la tarde. Se me ocurrió consultarle, además, si se había cerciorado de que el destinado a mí supiera conducir y tuviera el permiso correspondiente. Me contestó que no se había acordado de averiguarlo, ¡que cualquiera era capaz de manejar un automóvil! Y ésta era una condición de vital importancia, cosa de la que él era totalmente consciente. Añadió que se informaría inmediatamente, que conocía el número de teléfono del actor en cuestión. En cuanto a otros detalles, hay que decir que se había organizado correctamente. Uno de ellos era su llamada a nuestro número el martes a mediodía, tal y como lo habíamos planeado. Le notificó a Wolfe que se sentía muy apenado, que lo lamentaba mucho, pero que sólo se podrían incluir en su envío doce *Phalaenopsis Aphrodite*, en vez de las veinte acordadas, y que no habría ninguna *Oncidium flexuosum*. Agregó que haría cuanto estuviese a su alcance para que la remesa se efectuase el miércoles al mediodía, para que llegase a su destino a las dos. Todo eso lo preparó a las mil maravillas. Aún lo hizo mejor en la llamada del martes por la noche, con la intención de informar acerca de los abastecimientos y preparativos relacionados con la cena de los Diez. Claro que, para él, eso venía a ser una rutina.

Fred Durkin y Orrie Cather se comportarían debidamente, puesto que era Saul quien tenía que encargarse de ellos. Si surgía alguna dificultad nuestro amigo nos lo haría saber.

Todo el lunes e incluso durante parte del martes, Wolfe y yo nos enzarzamos a discutir el problema. ¿Debía de telefonear yo a Wragg, el agente especial, y concertar una entrevista con él para notificarle que Wolfe había profundizado bastante en el caso Althaus, lo suficiente para poner las cartas sobre la mesa? ¿Sería acertado ofrecerle cuanto sabíamos a cambio de diez, veinte o cincuenta mil dólares? Lo malo era que no lo conocíamos. Podía ser que mordiera el anzuelo, pero también podía ocurrir que sospechara que todo era una burda treta y que se le estaba tendiendo una trampa. Finalmente, en las últimas horas de la mañana del martes, decidimos olvidar aquella posibilidad de nuestra lista. Resultaba excesivamente arriesgado y había muy poco tiempo por delante.

El miércoles por la mañana, a las nueve, cuando oí el zumbido del ascensor, que transportaba a Wolfe hacia su invernadero, tomé mi segunda taza de café en el despacho. Sentado tranquilamente, me dediqué a estudiar una idea que se me había ocurrido a primera hora del lunes. Podría dedicarme a mis elucubraciones hasta que llegara un vehículo con el cargamento de orquídeas, a las dos. Hasta ahora habíamos hecho todo lo que estaba en nuestras manos. Cuando terminé mi café eran solamente las nueve y veinte minutos. Sarah Dacos, probablemente, comenzaba su jornada de trabajo en el despacho de la señora Bruner a las nueve y media o a las diez. Me acerqué a una cómoda y abrí un cajón en el que guardábamos una serie de llaves, entre las que escogí una Bermatt. No fue una tarea complicada porque sabía de antemano de qué cerradura se trataba. De otro cajón extraje unos guantes de goma.

A las nueve y treinta minutos marqué el número de la señora Bruner y descolgaron inmediatamente.

—¿El despacho de la señora Bruner? Buenos días.

—Sí. Buenos días.

—¿Hablo con la señorita Dacos?

—En efecto.

—Soy Archie Goodwin. Es posible que más tarde, avanzado el día, necesite ver a la señora Bruner. Me gustaría saber si podrá recibirme.

La señorita Dacos me respondió que eso dependía de la hora. La señora Bruner se encontraría en el despacho, probablemente, de tres y media a cinco y media. Dije que volvería a llamar si finalmente tenía que venir a visitarla.

Ahora ya sabía que ella se encontraba en su puesto de trabajo. Tendría que correr un riesgo con la mujer de la limpieza. Fui a la cocina para informar a Fritz de que me iba a la calle con la intención hacer unas cuantas llamadas telefónicas. Cogí sombrero y abrigo y en un abrir y cerrar de ojos me planté en la acera, de camino a la Novena Avenida, en busca de un taxi.

Para la puerta de la calle del número 63, tenía la llave que la señora Althaus me había entregado. No tuve ningún problema desde el vestíbulo hasta el apartamento de Sarah Dacos. Una vez allí saqué mi colección de llaves. Llamé con los nudillos dos veces y pulsé el botón del timbre. No recibí respuesta alguna. Empezaba el juego..., y probando, probando, la cuarta llave le venía a la cerradura como anillo al dedo. Me puse los guantes, abrí la puerta y me deslicé rápidamente al interior del piso. Acababa de incurrir en el delito de allanamiento de morada, según las leyes vigentes en el estado de Nueva York.

El apartamento presentaba la misma disposición que el de Morris Althaus. El mobiliario, sin embargo, era completamente distinto. Varias pequeñas alfombras en vez de una grande; el diván de rigor rebosaba de cojines; carecía de escritorio y de máquina de escribir; un par de sillas; una cantidad de libros mucho más reducida; cinco pequeños cuadros en las paredes, que el «audaz amante» debía haber considerado antiguallas. Las cortinas estaban corridas. Encendí las luces, dejé sombrero y abrigo en el diván, me aproximé a un armario y lo abrí.

No tenía que perder de vista dos posibilidades: la mujer de la limpieza podía presentarse allí de un momento a otro, cuando menos lo esperase, y yo no tenía la menor idea de lo que pudiera encontrar en el apartamento. Simplemente creía que encontraría algo que tal vez me fuese útil (independientemente de lo que ocurriese la noche del jueves), para compensar a Cramer el gasto que asumió comprándome un cartón de leche. Así pues, mi inspección tenía que ser veloz. Dediqué diez rápidos minutos a la sala de estar, y registré concienzudamente sus dos armarios. A continuación me trasladé al dormitorio.

Estuve a punto de pasarlo por alto. El armario ropero estaba atestado de vestidos, zapatos, maletas y sombrereras. Dos de las maletas contenían atuendos veraniegos. Me desentendí de las sombrereras. Hubiera dado todo el dinero que llevaba encima por saber si el miércoles era el día que solía venir la mujer de la limpieza. Diez minutos más tarde, mientras repasaba un cajón repleto de fotografías, que miré una por una, comprendí que era una tontería no hacer caso de las sombrereras. Las fotos no podían decirme nada que no supiera ya. Por consiguiente, arrimé una silla al armario, me subí a ella y bajé las cajas. Había tres. En la primera descubrí tres sombreros (si es que aquellas piezas merecían este nombre) y dos trajes de baño. En la segunda, extrañamente, sólo había un sombrero. Nada más levantarlo vi en el fondo un revólver. Me quedé pasmado mirándolo por espacio de cinco segundos. Era un Smith & Wesson del calibre treinta y ocho. Contenía cinco balas intactas. Uno de los alojamientos del tambor estaba vacío.

Había cien probabilidades contra una de que aquélla fuese el arma correspondiente a la licencia extendida a nombre de Althaus. De aquel cañón había salido la bala que atravesara a Morris. Sarah Dacos, indudablemente, era quien había apretado el gatillo. Al diablo las cien probabilidades contra una... ¿Qué hacía ahora...? ¿Me lo llevaba? Mi cabeza bullía. Si me lo llevaba no sería nunca una prueba aceptable en ningún juicio, ya que lo había conseguido ilegalmente. Una opción era correr a una cabina telefónica, llamar a Cramer y avisarle del contenido de la sombrerera para que la policía en un registro oficial se hiciese cargo de ello. De todos modos, si el FBI se enteraba del chivatazo en el plazo de treinta y seis horas, lo cual podía suceder perfectamente, la gran representación del jueves por la noche corría riesgo máximo. Y, claro estaba, si el arma volvía a su sitio y la sombrerera a la parte alta del guardarropa, igual que hasta poco antes, me exponía a que Sarah Dacos llegase a su casa aquella noche pensando que había que desprenderse ya del comprometedor objeto y arrojarlo al río. El dilema estaba servido.

Puesto que no se me ofrecía otra alternativa, opté por cambiarlo de sitio. Volví a poner el sombrero en la caja y ésta en el sitio en que la encontrara, con las otras. Retiré luego la silla y miré a mi alrededor. Dentro del dormitorio no me atrajo ningún punto especial, por lo que procedí a trasladarme de nuevo a la sala de estar. Ahora era cuando deseaba con todas mis fuerzas que nadie me interrumpiera. Y todavía me sentía amenazado por la repentina llegada de la mujer de la limpieza.

Eché un vistazo al diván, descubriendo que por debajo del cojín había un somier, cuyo fondo era de madera contrachapada. Perfecto. Si Sarah registraba la sombrerera y se daba cuenta de que el revólver había desaparecido, no supondría ciertamente que se hallaba en otro sitio de su apartamento. Situé el revólver debajo de unos muelles, miré a mi alrededor para comprobar si todo seguía como en el instante de mi llegada, cogí el sombrero y el abrigo y salí pitando hacia la calle. Tanta prisa llevaba que casi aparecí en la acera con los guantes de goma.

Tuve la suerte de coger un taxi inmediatamente. En su interior me contesté a otra pregunta: ¿iba a contarle a Wolfe mi aventura o era mejor silenciarla? ¿Era mejor dejar pasar antes la noche del jueves? La respuesta era bien sencilla... Pero, desde luego, todos nosotros a menudo solemos abusar así de nuestras mentes: nos inventamos complicadas razones para eludir respuestas de fácil resolución. Cuando el taxi se detuvo enfrente de la vieja casa de piedra rojiza, mi mente se había desentendido de todo razonamiento y yo consideraba un hecho ya ineludible: era del todo imposible dejar de ser como yo era. No había nada que hacer.

Eran las once y diez, de manera que Wolfe se habría separado ya de sus orquídeas. Sin embargo, no estaba en el despacho. Había cierta algarabía en la cocina. La radio estaba puesta a todo volumen... Fui hacia allí. Wolfe se hallaba de pie junto a la mesa grande, observando con el ceño fruncido a Fritz, quien se inclinaba para husmear un corte de esturión ahumado. No me oyeron entrar. Pero Fritz advirtió mi presencia al erguirse. Wolfe volvió la cabeza hacia mí, preguntándome: —¿Dónde te habías metido?

Le contesté que tenía noticias frescas. Wolfe ordenó al cocinero que tuviese las chuletas listas a las dos y cuarto, ni un minuto más, ni un minuto menos. Se encaminó hacia el despacho y yo fui tras él dócilmente. Puse en marcha la radio, la estrepitosa radio. Al acercar una silla a su mesa vi encima de ella que tenía tres destornilladores. Uno procedía de mis cajones y dos de la cocina. No tuve más remedio que sonreír. Tenía ya preparadas sus herramientas. Al sentarme le dije que suponía que almorzaría temprano. Me contestó que no, que cuando un hombre tiene invitados ha de estar con ellos en la mesa.

—Pues entonces hay tiempo más que suficiente para que escuche mi escueto informe —declaré—. Pensando en el cúmulo de preocupaciones que le andan rondando, había llegado a decirme que debía silenciarle esto... Pero, bueno, creo que le encantará saber que he abrazado definitivamente la alternativa que nosotros preferíamos. Fui a dar un paseo y habiendo pasado casualmente por delante del número 63 de la calle Arbor y llevando en uno de mis bolsillos una llave que encajaba perfectamente en la cerradura de la puerta del apartamento de Sarah Dacos, pensé que era buena idea hacerle una visita para curiosear en sus cajones. Así lo hice y en una sombrerera que encontré en lo alto de un armario descubrí una pistola, una Smith & Wesson del treinta y ocho. Del arma se había disparado una bala. Como ya le había comentado, Cramer me había informado de que Althaus poseía una licencia para un revólver de este tipo. No se halló en su piso, aunque sí una caja con municiones. Por tanto, ella...

—¿Qué has hecho con el revólver?

—Lo cambié de sitio. Me pareció que la sombrerera no resultaba el lugar más indicado para un objeto como ése y acabé colocándolo entre los muelles de un diván.

Wolfe hizo una inspiración profunda, contuvo el aliento un segundo y luego resopló lentamente. —Fue ella quien lo mató.

—Eso es exactamente lo que yo iba a decir...

—¿Crees que encontrará el arma?

—No. Si la echa en falta ni siquiera se le ocurrirá mirar a su alrededor. Soy un buen conocedor de las mujeres jóvenes y atractivas. Ella podría huir, y me causaría un problema. Si desaparece y se lo cuento todo a Cramer me pondré en evidencia. Si silencio el hecho, puede que me pase algunas noches sin pegar ojo.

Wolfe entornó los ojos, pero los abrió de inmediato. — Me tendrías que haber informado antes de lo que pensabas hacer.

—No. Se trataba de algo personal, y con la intención de recompensar a alguien por un cartón de leche. Temo que la señorita Dacos se fugue ¿Y si...? Se me ocurren un montón de opciones. Bueno, tranquilidad. Me proponía telefonear a Hewitt desde una cabina pública para preguntarle si las orquídeas están embaladas.

—No. Déjalo estar. Anda muy ocupado. ¿Crees que las armas pueden ser fácilmente identificadas?

—Naturalmente. Los técnicos son capaces de realizar esa tarea incluso si el número ha sido borrado. Y Cramer puede acceder al registro de revólveres para encontrar el número del que Althaus estaba autorizado a usar.

—Pues entonces no habrá problemas. Tengo que ocuparme de ese esturión. —Wolfe abandonó su sillón, encaminándose hacia la puerta. Ya frente a ella se detuvo, volviéndose para agregar—: Satisfactorio.

Moví la cabeza, dubitativo. Continué moviéndola mientras colocaba mi silla en su sitio. Así que «no habrá problemas». Pensé que si fuera presuntuoso, me consideraría por encima del FBI, pero desistí de tomar este camino. Guardé las llaves y los guantes en el armario y fui a la cocina para tomarme un vaso de leche, ya que la comida hoy se retrasaría. No querría perderme el diálogo entre ellos sobre el esturión.

Teniendo por delante un par de horas, probablemente más, después de haberme bebido el vaso de leche realicé las rondas de rigor. Empecé por mi habitación para comprobar si todo permanecía en su sitio, pensando en los huéspedes que habían de ocupar mi cama. Fritz no tiene por qué tocar mi cuarto. Tal responsabilidad es de mi exclusiva incumbencia. Todo estaba en orden. El único cambio radicaba en las dos almohadas que por la mañana había sacado del armario: no eran del mismo tamaño. Pero consideré que éste era un mal menor. A continuación me trasladé al dormitorio de Wolfe en el piso superior. Dos huéspedes más dormirían aquí, en sendas camas. Mi supervisión era innecesaria, ya que Fritz jamás pasa por alto el más mínimo detalle. Muy bien. Todo listo.

No los esperaba hasta las dos, pero conociendo a Saul no era extraño que se anticiparan. Wolfe estaba en la cocina y yo en la habitación contigua al despacho controlando si sábanas y mantas se hallaban en el sofá, cuando sonó el timbre de la puerta. Consulté mi reloj de pulsera. Las dos menos veinte, así que no podía tratarse del camión. Me equivoqué.

Desde la mirilla vi a un musculoso mozo plantado frente a nuestra puerta. Abrí. —¿Nero Wolfe? ¡Le traemos unas orquídeas!

Pegado a la acera había un gran camión pintado de verde. En letras rojas, en uno de los laterales de la caja se leía: North Shore Trucking Corporation. Otro individuo corpulento estaba ya abriendo las puertas traseras del vehículo. Me alteré al observar que hacía mucho frío allí para las orquídeas y pensé echarles una mano. Cuando volví a salir a la calle, ya con el abrigo puesto, los dos hombres estaban empezando a manipular una de las cajas... Yo conocía su tamaño exacto —sesenta y un centímetros de altura por un metro y medio de longitud y noventa centímetros de anchura—, porque había preparado muchas cajas como aquélla, con orquídeas, para ser enviadas a los establecimientos del ramo o a las salas de exposición. En los laterales se leía: Frágil, Plantas tropicales, Mantener caliente.

Bajé a la acera. Pero los dos hombres siguieron su trabajo. No necesitaban ayuda de nadie. Resultaron muy eficaces. Wolfe mantenía abierta la puerta y los dos mozos entraron en la casa con la caja en volandas. Lo más lógico era que me quedase vigilando el camión y eso fue lo que hice. Quedaban cinco cajas más, de las mismas características. Una de ellas iba a resultarles especialmente pesada a los dos trabajadores.

Ignoraba cuál era... Fue la penúltima. Al depositarla en el suelo y cogerla por las asas, uno de los mozos comentó:

—¡Qué barbaridad! Estas macetas deben de ser de plomo.

Y el compañero respondió, con tono gracioso: —¡Qué va! Son de oro.

Sin disimulo miré por encima de hombro para ver si había cerca algún agente del FBI que pudiese haber escuchado el comentario. Subieron los escalones de acceso a la entrada sin tambalear pese a que la caja en cuestión pesaría sus buenos ciento treinta y cinco kilos. Una vez estuvo entregada la última, Wolfe firmó un recibo y di una propina a los dos fornidos mozos, que recibieron agradecidamente. Esperé a que pisaran la acera para cerrar la puerta y echar rápidamente la cadena.

Las cajas habían quedado alineadas en el vestíbulo. Dentro del despacho sonaba la radio a todo volumen. Wolfe manejaba un destornillador sobre la tercera a contar desde la última del fondo. Había solamente ocho tornillos y en un par de minutos los quitamos. Levanté una tapa. Ante mí vi a Saul Panzer, de costado, con las piernas medio levantadas. Iba a girar la caja, pero Saul, hombre de corta talla —lo único que tiene grande son la nariz y las orejas—, se retorció, quedándose de rodillas primero y de pie casi inmediatamente.

—Buenas tardes —le dijo Wolfe.

—No muy buenas. —Saul se estiró—. ¿Puedo hablar?

—Siempre que esté funcionando la radio, sí.

Volvió a estirarse. —Estoy hecho polvo ¡Espero que los otros estén vivos!

Wolfe manifestó: —Quiero asegurarme del tema de los nombres. El señor Hewitt se los dio a Archie por teléfono.

—Ashley Jarvis... Ése figura que es usted. Dale Kirby es Archie. Será mejor que los saquemos de ahí ahora mismo.

Fue aquélla la primera y única vez en la que a lo largo de toda mi vida asistía a una presentación de hombres "embalados".

—Espere unos instantes —espetó Wolfe—. ¿Saben lo que tienen que hacer?

—Sí, señor. Ellos no han de decir nada, no han de pronunciar una sola palabra, a menos que usted o Archie les hagan alguna pregunta. Estos hombres no saben quién vigila la casa, ni por qué, pero han obtenido de Hewitt la promesa de que no serán expuestos a ningún peligro, ni ahora ni más adelante. Cada uno ha recibido quinientos dólares y usted habrá de pagarles otro tanto. Además han recibido las condiciones firmadas por usted. Creo que harán bien su función —Saul bajó la voz levemente—. Kirby es mejor que Jarvis, pero los dos sabrán salir airosos.

—¿Tienen claro que han de mantenerse alejados de las ventanas cuando estén en sus habitaciones?

—Sí. Excepto cuando estén... actuando.

—¿Se han abastecido del vestuario necesario para la noche del jueves?

—Está en esa caja —dijo Saul, señalandola—. También están ahí nuestras cosas, incluidas las armas. Desde luego, usarán su sombrero y su abrigo, así como las prendas de Archie...

Wolfe hizo una mueca. —Muy bien. Para empezar, Fred y Orrie.

—Las cajas están marcadas. —Saul tomó de manos de Wolfe un destornillador, acercándose a la que tenía un círculo marcado con tiza—. La de Orrie tiene un triángulo.

Yo empecé a quitar los tornillos de esta última. Saul sacó a Fred antes que yo a Orrie porque uno de mis tornillos tenía la cabeza defectuosa. A ellos también se les había dicho que no hablaran a menos que se les dirigiera la palabra. Por la expresión de sus caras, consideré tal medida sabia y muy oportuna. Miré a Saul inquisitivamente y me toqué el pecho. Él me indicó la caja más alejada y empecé a abrirla.

Comprendo que los actores profesionales poseen una gran práctica en la tarea de decir lo que corresponde a sus papeles, guardando silencio si el autor lo exige así en su obra. Siempre lo he entendido así, pero, no obstante, Ashley Jarvis y Dale Kirby me dieron trabajo. Ambos habían recibido un duro trato durante dos horas o más, especialmente Jarvis, que pesaba tantos quilos como Wolfe, si bien no los tenía tan bien distribuidos. Tuvimos que inclinar la caja de lado para que pudiese salir. Luego, se quedó plantado en el suelo durante más de cinco minutos. Rechazó nuestros ofrecimientos de ayuda, y estuvo moviendo brazos y piernas. Una vez acabó sus ejercicios, se volvió hacia Wolfe, inclinándose en una reverencia francamente elegante. Me sentí celoso puesto que Kirby no había procedido así conmigo.

Saul había acertado: aquéllos eran los hombres perfectos para que nuestro plan saliese victorioso. Kirby tendría un par de centímetros menos que yo. Jarvis era exactamente como Wolfe. Las dimensiones de sus espaldas no eran similares, en cuanto a anchura, y mostraba un vientre algo pronunciado, pero eso lo disimularía el abrigo. Donde no había casi ningún parecido era en los rostros. No obstante, la oscuridad les echaría una mano y difícilmente ningún agente del FBI podría sacar buenos primeros planos. Wolfe correspondió a la reverencia con un signo de la cabeza y dijo:

—Por aquí, caballeros.

Entró en el despacho. En lugar de dirigirse hacia su mesa cogió una de las sillas colocándola en el centro de la alfombra, suficientemente espesa como para ahogar todo ruido. Después fue a por otra. Yo cogí un par y Saul, Fred y Orrie nos imitaron. Acto seguido nos sentamos en dos círculos, con Wolfe, Jarvis y Kirby en el interior.

—El dinero, Archie —dijo.

Me levanté y fui a la caja fuerte. Se trataba de dos paquetitos, cada uno de los cuales contenía veinticinco billetes de veinte dólares.

Wolfe miró a Jarvis y a Kirby.

—La comida está lista —declaró—. Pero antes hay que aclarar algunos puntos. Este dinero es suyo. Archie...

Entregué un paquete a cada uno. Jarvis miró distraídamente el suyo, echándoselo al bolsillo sin más. Kirby sacó de uno de los bolsillos interiores de la americana una cartera, en la que acomodó los billetes y seguidamente la guardó.

—El señor Hewitt les prometió que cada uno de ustedes percibiría mil dólares y ya los tienen —explicó Wolfe—. Al verles salir de esas cajas pensé que se habían ganado ya tal cantidad, y con creces. Por tanto, si ustedes representan el resto de la comedia con la misma maestría entenderé que son merecedores de otros mil dólares, los cuales les serán entregados el viernes o el sábado a más tardar.

Jarvis se quedó con la boca abierta. Y de pronto se dio cuenta de su gesto y la cerró. Señaló a Kirby, se tocó el pecho y dirigió a Wolfe una inquisitiva mirada.

Wolfe asintió. —Dos mil. Mil para cada uno. Un poco más cerca, señor Kirby. Tengo que seguir hablando en voz baja. Ustedes, caballeros, permanecerán aquí veintiocho horas. Durante todo ese tiempo deberán mantenerse en silencio total. Un ruido revelaría su presencia en la casa. En el piso de arriba encontrarán los dormitorios. Les ruego que utilicen las escaleras y no el ascensor. Si necesitan alguna cosa vayan al vestíbulo donde siempre habrá una persona que los podrá atender. Hablen siempre en susurros cuando precisen decirse cualquier cosa. En su cuarto hay una docena de libros. En el caso de que ninguno sea de su agrado, seleccionen el que quieran de los que se encuentran en estos estantes. No enciendan ni la radio ni la televisión. No debe haber griterío. Necesitarán estudiar la actitud y los movimientos habituales del señor Goodwin y los míos. No se preocupen, ya que dispondrán de tiempo suficiente para ello. No es necesario que imiten nuestras voces —Wolfe apretó los labios, meditativo—. Me parece que no se me olvida nada. Si tienen alguna pregunta, ahora es el momento, en voz baja, junto a mi oído. ¿De acuerdo?

Los dos hombres hicieron gestos de afirmación.

—Comeremos, entonces. La radio estará apagada. En la mesa nunca hablamos de temas sobre el trabajo. Nadie pronunciará una sola palabra, excepto el señor Goodwin y yo.

Se puso de pie.

12

Aquellas veintiocho horas fueron un verdadero infierno.

Cuando se avanza por un bosque que se sabe infestado de tiradores emboscados, se supera tal situación sólo con valor y una vista de lince. La cosa varía, en cambio, cuando se supone la existencia del enemigo oculto. ¿Para qué sirven entonces el valor y la actitud precavida? Nosotros no sabíamos si la casa estaba plagado de micrófonos. Si Jarvis o Kirby se pillaban un dedo con la puerta del baño y lanzaban un gemido, o un grito, la representación, lo más seguro, se derrumbaría. ¡Ah! Esto era lo peor. Cada vez que me desplazaba escaleras arriba para comprobar si Saul, Fred o Orrie estaban en el vestíbulo, movido por el temor de que se hubiesen cansado, renunciando al silencio pactado y hablando por los codos, me sentía un poco ridículo, imbécil incluso. Los hombres no suelen mirar debajo de su cama para ver si hay algún ladrón, aunque siempre existe la posibilidad de que descubran uno.

Las dos comidas resultaron impactantes. Wolfe y yo –principalmente él– llevábamos toda la conversación. Nuestros cinco acompañantes se concentraban en los platos o estaban a la escucha. Pruébenlo ustedes. Ni siquiera podía pedir a uno de ellos que me pasara la mantequilla. Tenía que limitarme a pedir con señas lo que deseaba.

Y cuando subíamos, por ejemplo, las cajas a la habitación de las macetas, tampoco podía hablar, porqué ¿a quién iba a dirigirme?

Dejé la casa una vez solamente, en las últimas horas de la tarde del miércoles, a fin de llamar a Hewitt desde una cabina pública, notificándole que el envío había llegado en excelentes condiciones. Acto seguido, me puse al habla con Tom Halloran.

Hubo momentos brillantes, dos el miércoles y cuatro el jueves, cuando Jarvis se puso a observar a Wolfe. Jarvis se colocaba al pie de las escaleras, con el objetivo de no perder ni un gesto de mi jefe mientras bajaba desde el primer piso. Después, arriba, para verlo descender, y en el vestíbulo para estudiarlo cara a cara. En la segunda sesión de la jornada descubrí que el actor le tomaba el pelo a Wolfe. Puedo decir ahora que él no nos oye que me lo pasé en grande.

Desde luego, Kirby hacía lo mismo conmigo, pero sin forzar en absoluto la situación. En un día normal de trabajo yo subía y bajaba las escaleras más de una docena de veces. Lo que Kirby no fue capaz de practicar era mi forma de conducir. Ellos, seguramente, serían seguidos durante todo el trayecto, hasta que llegasen a la casa de Hewitt. Si su estilo al volante distaba del mío, el FBI podría sospechar que pasaba algo extraño. El jueves por la mañana le hice señas que me siguiese hasta mi despacho, puse el volumen de la radio al máximo y discutimos aquel asunto durante más de media hora.

Cuando pienso en aquellos días, me siento más convencido de que no se nos escapó ningún detalle. El miércoles por la noche, alrededor de las once, subí a mi dormitorio, que da a la calle Treinta y Cinco, y sin prestar más atención que la de costumbre a las cortinas, me desnudé, me puse el pijama y apagué la luz de la mesita de noche tras sentarme en la cama. Dos minutos más tarde entraron en la habitación Fred y Orrie, y empezaron a desnudarse en la oscuridad. Salí volando. Saul dormía en el sofá de la habitación delantera. Raras veces encendíamos las luces allí.

Llegados a este punto, me gustaría relatar un episodio que me inquietó. Al dejar en sombras el despacho, el miércoles por la noche, y al meterme entre las sábanas y mantas del diván, pensé no en la trampa que estábamos montando ni en si daría o no daría resultado, sino en el diván del apartamento de Sarah Dacos. ¿Y si la mujer de la limpieza decidía mover el mueble y examinaba los muelles? De haber dispuesto de cinco minutos más durante mi estancia en el piso, tal vez habría localizado un escondite mejor.

Las dos comidas a las que me he referido eran las del miércoles: el almuerzo y la cena. El desayuno y la comida del jueves fueron diferentes porque Fritz no se encontraba allí. Lo convenido era que Hewitt enviase un coche para recogerlo a las ocho, y éste llegó a su hora. Yo le llevé la maleta y me estrechó la mano al llegar ante la portezuela del coche. Su estado de ánimo, a juzgar por su expresión triste y sombría, no parecía ser la más adecuada para confeccionar manjares dignos de un grupo de *gourmets* aventajados. Saul y yo nos organizamos para preparar un desayuno y un almuerzo decentes con carne, pescado —el esturión había sido aceptado como comestible— y cinco clases de queso, todo rociado con un par de botellas de champán.

A las cuatro y cuarenta y cinco minutos de la tarde del jueves, yo me encontraba en el despacho en compañía de Saul, Fred y Orrie, cuando Theodore Horstmann, el encargado de los invernaderos, a quien se le había dicho que se marchara temprano, bajó las escaleras, dio las buenas noches y se fue. Wolfe descansaba tranquilamente en su habitación. A las cinco y diez minutos subí yo a la mía, encendí las luces y comencé a cambiarme. Hubiera podido acercarme a las cortinas para cerciorarme de que no se hallaban entreabiertas, pero este movimiento no hubiera sido normal en mí y nosotros queríamos dar la impresión de que estábamos haciendo lo mismo que todos los días. Wolfe, en su cuarto, hacía lo mismo. A las cinco y cuarenta, vestido para cenar, regresé al despacho. Cinco minutos después oí el zumbido del ascensor y apareció Wolfe, ataviado convenientemente. Sin poner la radio, los dos comenzamos a hablar sobre un tema de máximo interés: los problemas del tráfico. A las cinco y cincuenta y cinco hubo un débil rumor de pasos en el vestíbulo: Jarvis y Kirby estaban allá. La vestimenta de Jarvis suponía una mejora sobre la indumentaria de Wolfe, que había visto días mejores; en cuanto a Kirby, yo lo superaba con mi traje de 300 dólares. Los dos hombres se plantaron en la puerta. Comuniqué a Wolfe que yo esperaría en el coche, fui al vestíbulo, ayudé a Kirby a ponerse mi abrigo y le pasé mi sombrero. Me quedé a un lado mientras él abría la puerta y al momento la cerraba, tras cruzar el umbral. Jarvis se me aproximó, mientras estaba mirando por el cristal transparente por un solo lado. Las luces del despacho se apagaron y preparé el abrigo y el sombrero de Wolfe para el actor. A los seis minutos apareció el Heron, que se detuvo junto a la acera. Jarvis tocó el interruptor y el vestíbulo se quedó a oscuras. Me retiré unos centímetros suficientes para que él pudiera salir, y tras de sí cerrar la puerta. Me pareció estar participando en una obra de teatro como figurante, y que Jarvis, como coprotagonista, se estaba ganando los mil dólares extra con creces. De Kirby preferí no opinar por no conocer yo mi forma de andar, pero a Jarvis estoy convencido, si no supiera lo que estaba pasando, que lo confundiría con Wolfe bajando las escaleras, cruzando la acera y metiéndose en el automóvil. El Heron arrancó suavemente. Avanzaba como si yo estuviese al volante. Hasta aquel momento no advertí que había estado reteniendo el aliento con riguroso cuidado. Respiré entonces aliviado

De haberse seguido las instrucciones al pie de la letra, el despacho se encontraría ahora vacío. Antes de que las luces se hubieran apagado en el vestíbulo, Wolfe se había trasladado a la cocina, que estaba a oscuras. Orrie había pasado al comedor, en idénticas condiciones. Saul y Fred estaban en la habitación delantera, también a oscuras. Yo no les había oído caminar de un sitio para otro. Introduje la mano en el bolsillo lateral de la chaqueta, acariciando la culata de mi Marley del treinta y ocho. Luego, me acerqué a la puerta y toqué sus bordes, para asegurarme que se hallaba cerrada. Permanecí un rato inmóvil, esperando que mis ojos se habituaran a la oscuridad. A continuación me senté en la silla adosada a la pared de delante del perchero.

Me sentía bien en aquella situación. La tensión había quedado atrás. Habían podido ocurrir mil cosas capaces de echar a perder nuestra representación. Bueno. La suerte estaba echada. Ahora nos tocaba esperar el desarrollo de los acontecimientos. Ignorábamos si los agentes intentarían entrar ahora en la casa. Si decidían hacerlo, naturalmente deberían hacerse responsables de sus actos. Desconocía la experiencia en «trabajos» de este tipo que esos hombres habían realizado, pero tenía noticia de cuatro episodios parecidos en Nueva York, concatenados en los doce meses anteriores, aunque había oído rumores de algunos más. Todo dependía de si Wragg creía o no que el autor de la muerte de Morris Althaus fuese uno de sus subordinados. Si lo creía, vendrían, si no lo creía, si pensaba que sus hombres estaban limpios, no vendrían. De él, y no de nosotros, dependía determinar si el cebo era suficientemente apetitoso. Pues sí. De verdad que me sentía a gusto, muy a gusto.

Cuando calculé que había transcurrido media hora, me acerqué a la puerta para echar un vistazo a mi reloj aprovechando la luz que se filtraba por el cristal semitransparente. Al ver que eran las seis y veintidós minutos empecé a sentirme menos tranquilo. Me había equivocado de ocho minutos.

Normalmente, soy muy minucioso con los cálculos intertemporales. En vez de sentarme me puse a andar por el vestíbulo, en dirección a la puerta del despacho y mi desasosiego se incrementó cuando por la falta de visión choqué un par de veces contra la pared. Empezaba a sentirme desorientado. Desde luego, volver a la parte delantera, hacia el rectángulo de luz era sencillo. Ahora bien, yo hubiera debido ser capaz de trasladarme directamente al centro del vestíbulo, que conocía a la perfección, sumido en las tinieblas. Realicé el ejercicio tres veces y después volví a sentarme en la silla.

No puedo hacer constar la hora exacta en que ellos aparecieron porque había decidido no volver a mirar hasta las siete. Sí. Sería esta hora, minuto más, minuto menos. Repentinamente, advertí menos claridad en la entrada. Allí estaban. Eran dos. Un tercero, probablemente, se había quedado en la acera. Uno de los hombres se inclinó para examinar la cerradura. Su compañero se mantuvo de pie sobre el primer peldaño, dando la espalda a la entrada, con el rostro vuelto hacia la calle.

Por supuesto, ya sabían que la cerradura era una Rabson, y llevaban consigo las herramientas adecuadas. Pero, independientemente de su habilidad, aquel hombre no sería capaz de hacer saltar una Rabson al primer intento, así que todavía nos quedaba un poco de tiempo para reorganizarnos. La puerta que ponía en comunicación el vestíbulo con la habitación delantera, abierta, quedaba a un metro y veinte centímetros de mi silla. Me levanté, fui hacia ella, asomé la cabeza, emití un leve siseo y escuché otro a modo de respuesta. Luego, me encaminé a la puerta del comedor, sin tocar la pared, y repetí la señal, que fue correspondida. Acto seguido, me planté frente a la del despacho. Los intrusos no encenderían ninguna luz al entrar. Se quedarían quietos, escuchando.

Desde aquel día, Saul y yo hemos discutido muchas veces, al tratar de fijar el tiempo que necesitaron para forzar la puerta. Mi amigo sostiene que tardaron ocho minutos después de haber escuchado mi siseo; yo digo siempre que diez. El caso es que se abrió... sigilosamente.

Tan pronto como se empezó a abrir, me fui hacia el despacho, apoyé la espalda en la pared de la izquierda de la puerta y empuñé con la mano derecha mi Marley mientras apoyaba el dedo índice de la mano izquierda en el interruptor de la luz.

Una vez dentro de la casa los visitantes no escucharon más de cinco segundos. Un mal procedimiento. Sin prejuicios, echaron a andar por el vestíbulo. Volví la cabeza y vislumbré el débil foco luminoso de una linterna de bolsillo. Dieron tres o cuatro pasos y se pararon en seco. Acto seguido, el de la linterna comenzó a dar vueltas. Tres segundos más y me hubiera descubierto... Entonces grité tan fuerte como pude: «¡Ahí va eso!», levanté la Marley y apreté el interruptor con fuerza, haciéndose instantáneamente la luz.

Uno de ellos se quedó literalmente pasmado. Pero el de la linterna hundió una mano en el interior de su chaqueta. Por suerte, yo no estaba solo. Orrie se hallaba ya a mi lado con su arma y la voz de Saul llegó a nuestros oídos desde la habitación delantera. Dos pistolas más amenazaban a los intrusos.

—Lo tenéis crudo —dije—. Y para nosotros sería muy fácil. Vosotros, claro está, no podéis disparar en dos direcciones a la vez. ¡Señor Wolfe!

Hizo acto de presencia. Debía de haber abandonado la cocina en el momento de dar yo la voz. Había avanzado por el mejor camino posible a la derecha del sillón rojo, fuera del alcance de nuestros visitantes. Ya frente a su mesa, tomó asiento, examinando a los recién llegados, de perfil porque ellos se mantenían pendientes de Orrie y de mí.

Entonces habló: —¡Esto es deplorable, Archie! Llama a la policía.

Me deslicé sin describir una vuelta tan amplia como la de Wolfe. Mi intención era evitar una escaramuza que no nos beneficiaría en absoluto. A mitad del camino hacia mi mesa me detuve, diciendo: —Si os precipitáis encima de mí cuando esté marcando el número, os prometo que no vais a durar ni un minuto en pie. Me imagino que conocéis la ley. Habéis entrado como ladrones sin permiso previo en nuestra casa.... Si os portáis mal, sólo conseguiréis caer acribillados a balazos. Y los representantes de la ley no harán otra cosa que darnos las gracias por el servicio.

—Tonterías. —Fue el guapo grandote, de mandíbula cuadrada y anchos hombros, quien habló. Su compañero era de estatura superior, pero flaco. Por debajo de la carne del rostro se adivinaban los huesos. El primero me miró fríamente, para agregar—: Nosotros no somos ladrones, ya lo sabes.

—¿Y qué te crees que habéis hecho, entonces? No te preocupes, cuando venga la policía, ya tendrás ocasión de explicarte. Bueno. Nos os lo vuelvo a repetir, ¿eh? Un leve movimiento y os dejamos tiesos. Uno de estos amigos míos es particularmente rápido.

Para telefonear tenía que darles la espalda. No había hecho más que alargar la mano cuando el que había hablado antes prorrumpió: —Basta ya de comedia, Goodwin. Sabéis perfectamente quiénes somos —miró de soslayo a Wolfe—. Somos agentes del FBI. Deseábamos entrevistarnos con vosotros. Nadie contestó cuando tocamos el timbre. La puerta no estaba cerrada con llave y entramos...

—Mientes —respondió Wolfe—. Hay cinco hombres dispuestos a jurar que la puerta estaba cerrada con llave y que no habéis pulsado el botón del timbre. Cuatro de ellos os oyeron manipular la cerradura. Cuando la policía os registre encontrará en vuestros bolsillos ganzúas y otras herramientas. Del FBI, ¿eh? ¡No me lo trago! Llama a la policía, Archie. E infórmales que se las tendrán que ver con un par de rufianes.

Antes de comenzar a marcar, dije: —Fred.

Le hice una seña y él se me acercó, pasando junto a nuestros visitantes. En cierta ocasión, un agente federal le había retorcido un brazo y a él le habría gustado ahora tomarse la revancha. Ante los dos hombres, ofrecía un aspecto más severo que de costumbre. En realidad, es un trozo de pan, que tiene que mantener a una esposa y cuatro hijos. Cuando marcaba el número de la policía habría dado cualquier cosa porque aquello se eternizara. También pensé que no me dejarían terminar. En la cuarta cifra, el grandote dijo con acritud: —Un momento, Goodwin.

Detuve el dedo y me volví. El hombre deslizó su mano izquierda dentro de la americana. Dejé el teléfono y me situé junto a Fred. La mano del agente secreto quedó extendida. En la palma tenía un pequeño carnet de cuero negro.

—Mis credenciales —dijo mientras lo abría y mostraba. Éste era el punto delicado. Pueden mostrar su identificación, por no soltarla.

—Déjamelo ver —gruñó Wolfe.

El grandote dio un paso adelante. La mano de Fred salió disparada, empujándolo hacia atrás. Yo mostré mi palma derecha, sin pronunciar una palabra. El hombre vaciló, dejando luego caer el carnet en ella.

—Y tú, el tuyo—dije, dirigiéndome al flaco.

Había sacado ya su documentación, para colocarla encima de la de su compañero. Giré, entregando a Wolfe los carnets. Éste los examinó detenidamente. Después, abrió un cajón del que extrajo una lupa, realizando una inspección todavía más exhaustiva a través del cristal. Con mucha parsimonia, la guardó en el cajón... con las credenciales del grandote y el flaco.

Miró fijamente a los dos hombres. —Dos falsificaciones, probablemente Los laboratorios técnicos de la policía dirán la última palabra.

Nuestros visitantes debieron de hacer entonces un gran esfuerzo para dominarse. Los dos se quedaron rígidos, sin hacer el menor movimiento.

—Gordo... Hijo de perra... —mascullló el flaco, entre dientes.

Wolfe bajó la cabeza. —Una reacción natural. Hagamos una suposición. Admitamos, hablando por hablar, que sois efectivamente agentes del FBI. Es normal, entonces, que os quejéis, pero no deberíais hacerlo ante mí, sino ante vuestros colegas. Son ellos los que se dejaron engañar, pensando que esta casa estaba vacía. No tenéis nada de que disculparos.

Wolfe se aclaró la garganta.

—Continuemos con nuestra suposición. Voy a conservar vuestras credenciales por si acaso. Vosotros, o vuestra organización, podéis recuperar los carnets mediante una acción legal que revelará al público cómo llegaron hasta aquí. Os hemos pillado *in fraganti* y hay cuatro testigos, con lo cual tenéis las de perder. No me gustan las acciones ilegales y menos si éstas suceden en mi casa. Dudo de que vuestros superiores accedan a pagar el precio de la fianza que dicte el juez. Como podéis observar, la orquesta ahora la dirijo yo. Podéis iros ahora mismo. Todo lo que yo quería (y sigo con mi suposición) era poseer una prueba irrefutable de que varios miembros del FBI habían cometido una felonía, por la cual merecen ser procesados. Aquí la tengo ya, en el cajón. A propósito: no he aludido a los guantes que lleváis puestos todavía. Naturalmente, todos nos hemos dado cuenta de ello. He ahí un detalle que corrobora ciertas afirmaciones si nos vemos alguna vez ante cualquier tribunal. Y ahora... desapareced de mi vista.

—Maldita sea —dijo el grandote—. Ese tribunal será federal. Las credenciales son propiedad de agentes federales.

—Es posible. Tengo argumentos con que defenderme en todo caso. Dejando a un lado la suposición, os diré que me cuesta trabajo creer que unos funcionarios federales se decidan a entrar en mi casa ilegalmente y, desde luego, estoy justificado si conservo las credenciales hasta que sea decretada su autenticidad..., si es que ello sucede.

—¿Y cómo piensas demostrarla?

—Ya veremos. Estaré pendiente de los acontecimientos... Si los documentos son auténticos, lo más seguro es que reciba la visita de vuestros superiores, como, por ejemplo, el señor Wragg.

—Gordo... Hijo de perra... —volvió a mascullar el flaco.

Su vocabulario en cuanto a improperios parecía muy limitado a causa de la tensión de aquellos momentos.

—La verdad es que estoy controlando mis nervios mejor de lo que creía. Habéis entrado violentamente en mi casa y por lo que veo estáis personificando a agentes de la ley. Ambas son faltas graves. Ya podéis entregarnos vuestras pistolas si es que las lleváis encima y nos quedaremos también las herramientas utilizadas para abrir la puerta de esta vivienda. Me imagino que asimismo llevaréis encima los útiles precisos para forzar los cajones de mis mesas y armarios. Y los guantes que lleváis... Os sugiero que abandonéis esta casa inmediatamente. Mis compañeros no sienten la menor debilidad por los ladrones ni por los agentes del FBI y lo pasarían muy bien humillándoos. ¡Malditos seáis! ¡Salid de aquí de una vez por todas!

Los dos hombres miraron atónitos a Wolfe. El campo de visión del grandote estaba limitado por el hombro de Fred y el mío. El del flaco quedaba a la derecha de Fred. Intercambiaron una mirada, observaron atentamente el rostro de Wolfe y empezaron a moverse.

Cuando se aproximaban a la puerta, Orrie se adentró en el vestíbulo, y los apuntó con su revólver. Le encantaba actuar así. Saul cruzó por la habitación delantera para ir al salón y encendió la luz. Fred y yo seguíamos estrechamente a los agentes federales. Cuando se acercaban a la entrada, Saul abrió la puerta y Orrie, Fred y yo nos juntamos para verlos bajar la escalera. Llegaron a la acera. Habíamos supuesto que en ella los aguardaba otro compañero, pero allí no había nadie. Giraron hacia la izquierda, camino de la Décima Avenida. Calculamos que no valía la pena salir para echar un vistazo a la matrícula del coche. Antes de cerrar la puerta dimos una ojeada a la cerradura y nos sorprendió verla intacta. Fred recalcó que aquellos tipos debían de llevar el juego de llaves más perfecto del mundo.

Wolfe se había quedado plantado en el centro de la alfombra del despacho. Estaba estudiando minuciosamente un objeto que tenía en la mano. Era un lápiz-linterna, que el grandote había dejado caer. Lo arrojó encima de mi mesa, dejando ir un grito estrepitoso: —¡Hablemos! ¡Hablemos todos! ¡Por fin!

Nos dimos un panzón de risa.

—Pienso ofrecer una recompensa —añadí en tono de broma—. Será una fotografía enmarcada de J. Edgar Hoover, que se entregará a aquel que demuestre que en esta casa hay micrófonos ocultos y que nuestra conversación de hace poco ha sido registrada y enviada al mismo Hoover.

—¡Dios santo! —exclamó Fred—. Si uno de los dos hubiese intentado algo...

—Yo quiero champán —dijo Saul.

—Para mí, whisky —solicitó Orrie—. Tengo hambre.

Faltaban veinte minutos para que dieran las ocho. Nos trasladamos a la cocina. Hablábamos todos al mismo tiempo, incluido Wolfe. Éste comenzó a sacar viandas del frigorífico: caviar, *foie gras*, esturión, un faisán entero, salmón ahumado. Saul abrió el congelador. Deseaba un poco de hielo para el champán. Orrie y yo nos hicimos con unas botellas que había en un armario. Fred preguntó si podía utilizar el teléfono para hablar con su mujer. Le contesté que sí y que le diera recuerdos de mi parte. Wolfe medió en nuestra conversación.

—Dile que esta noche te quedarás aquí. Todos os quedaréis. Por la mañana Archie llevará estas cosas al banco y vosotros iréis con él. Lo más probable es que el FBI por ahora no mueva ficha. Pero también podrían efectuar una intentona. Fred, de todo esto ni media palabra a tu esposa ni a nadie. No hemos terminado aún. No hemos hecho más que empezar. Si preferís algo caliente, muchachos, yo me comprometo a preparar en veinte minutos un *Yorkshire Buck*.* Ahora bien, Archie tendrás que encargarte de los huevos escalfados.

Todos dijeron que no, y para mí fue un descanso porque me fastidia escalfar huevos.

Una hora más tarde comenzamos una agradable velada. Los tres huéspedes y yo nos encontrábamos en la habitación delantera, jugando al pinacle. Wolfe se había quedado en el despacho, leyendo un libro. El libro en cuestión era *El FBI que nadie conoce*. No sé cuál era su propósito. ¿Estaba recreándose en el recuerdo de lo sucedido? ¿Llevaba a cabo alguna indagación especial?

A las diez tuve que excusarme ante mis amigos por abandonar la mesa de juego por unos momentos. Wolfe me había dicho que quería llamar a Hewitt por teléfono hacia la hora en que él y sus camaradas estarían liquidando la cena.

Entré en el despacho. Wolfe comunicó a Hewitt que todo había funcionado a la perfección, dándole las gracias. Hewitt dijo que los actores habían resultado ser unos invitados muy divertidos: Jarvis había recitado pasajes de Shakespeare y

* Entrante tradicional que se cocina con queso, *bacon*, cerveza y huevos.

Kirby había imitado al presidente Johnson, a Barry Goldwater y al actor Alfred Lunt. Wolfe envió recuerdos para ambos colaboradores. Seguidamente, yo me volví a mi pinacle y Wolfe, a su libro.

Poco después de las once se produjo otra interrupción. Sonó el teléfono. Atendí yo la llamada, puesto que a Wolfe le ha disgustado siempre contestar.

—Casa de Nero Wolfe... Archie Goodwin al habla.

—Soy Richard Wragg, Goodwin —las palabras sonaban arrastradas y la voz era chillona—. Deseo hablar con Wolfe.

Habíamos pensado en que podía suceder esto y yo ya tenía instrucciones.

—Creo que no va a ser posible ahora, Wragg. Está ocupado.

—Quiero verlo.

—Buena idea. Ya se imaginó él que podía desear usted una entrevista. ¿Qué le parece aquí, en su despacho, a las once de la mañana?

—Quiero verlo esta noche. Ahora mismo.

—Lo siento, Wragg. No es posible. Está muy ocupado. No podrá verlo antes de las once de la mañana.

—¿Y qué es lo que lo tiene tan ocupado?

—Está leyendo un libro: *El FBI que nadie conoce*. Dentro de media hora estará acostado.

—Me presentaré ahí a las once.

Me pareció que Wragg había colgado el teléfono violentamente. Claro que esto podía ser una jugarreta de mi imaginación. Me volví hacia Wolfe.

—Era Wragg. Mañana por la mañana, a las once. Lo que esperábamos.

—Y deseábamos. Tenemos que hablar, Archie. En cuanto hayáis terminado vuestra partida.

Me puse de pie. —Me parece que acabaremos en un abrir y cerrar de ojos; estaba a punto de desbancarlos —contesté.

13

Normalmente, necesito mis buenas ocho horas de sueño. Pero aquella noche fueron seis. A la una y diez minutos Wolfe ya estaba en su cama, lo mismo que Fred y Orrie, y Saul ocupaba el sofá de la habitación delantera. En el momento en que me disponía a tenderme en el diván sonó el timbre de la puerta. Era Fritz junto con Kirby y Jarvis. Al ver al primero cruzar vacilante el umbral, me pregunté inmediatamente en qué zanja habría quedado metido el Heron.

—¿Dónde está el coche? —pregunté.

El hombre revolvió los ojos, apretando los labios al mismo tiempo. Todavía con la idea de que en la casa no se podía hablar, le dije que ya se había acabado el pacto y que se explicase. Fritz dijo que no podía articular una sola palabra, porque estaba bebido, añadiendo que el coche se encontraba allí enfrente, en buen estado. Sólo Dios sabía, sin embargo, cómo habían podido llegar. Los llevó a su habitación utilizando el ascensor. Me puse el abrigo sobre el pijama y salí para llevar el Heron al garaje. El vehículo no había recibido el menor arañazo.

El primer número del programa para el viernes tenía su hora: las ocho y treinta minutos. A las siete y cuarenta y cinco me puse en marcha y salté del diván. De una brazada cogí mantas, sábanas y almohada y subí a mi habitación. Cuando dejé el cuarto de baño, después de ducharme y afeitarme, hallé a Fred y a Orrie sentados en el borde de la cama, bostezando. Les recordé que nos iríamos una hora y veinte minutos después y me enviaron poco menos que a paseo. Suponía que tendría que prepararme el desayuno, pero al bajar las escaleras descubrí a Fritz saliendo de la habitación de Wolfe. Le había llevado la bandeja con todo lo que él tomaba por las mañanas.

Eran las ocho y veintiocho. Fui al despacho y comencé mi jornada de trabajo telefoneando a la señora Bruner. Se puso ella al habla y le dije que lamentaba molestarla tan temprano, pero que tenía que informarla de algo importante. Habría de trasladarse a una cabina pública y marcar cierto número. A las nueve y cuarenta y cinco o lo antes posible. La señora Bruner me objetó que tenía una cita para dicha hora, y deseaba saber hasta qué punto era importante mi recado. Le contesté que era lo más importante que hasta ese momento ella había tenido que hacer desde el día que nos contrató.

Podíamos, pues, recrearnos con nuestro desayuno. No nos cortamos un pelo. Fritz sabe que a Saul, Fred y Orrie les gustan las tostadas y el bacon y los huevos *au beurre noir* por lo cual éste fue el plato principal. Comimos dos rondas de dos huevos cada una, dieciséis huevos en total. La nota de gastos de nuestra operación iba a ser de escándalo.

Llevando las credenciales en uno de mis bolsillos, salí de la casa con mis guardaespaldas a las nueve y cuarenta. Fui hasta el drugstore de la esquina de la calle y me situé al lado de la cabina telefónica. Conociendo a las mujeres, había entrado allí convencido de que debería esperar unos veinte minutos. Pero a los cuatro o cinco minutos sonó el timbre, en el preciso instante en que un desconocido se encaminaba hacia la cabina desde la puerta del local. Cuando descolgué el aparato me di cuenta de que no se trataba de un agente federal deseoso de atender la llamada. No parecía del gremio.

La señora Bruner me dijo que esperaba que mi recado fuese verdaderamente importante, ya que iba a costarle caro llegar tarde a la cita que tenía concertada.

—Seguro que su cita no tiene ni la mitad de importancia si la comparamos con lo que voy a contarle —respondí—. Olvídela... A las once menos cuarto preséntese en el despacho del señor Wolfe. A las once menos cuarto en punto.

—¿Esta mañana? No es posible.

—Sí va a ser posible, señora Bruner. En dos ocasiones me ha dicho que no le agrada el tono con que me dirijo a usted. Mi tono va a ser cosa de broma comparado con el que tendrá la oportunidad de apreciar en mi jefe si deja de ir a verle. El señor Wolfe podría llegar, incluso, a devolverle sus cien mil dólares.

—¿Por qué? ¿De qué se trata?

—Yo soy el mensajero solamente. Se enterará cuando venga a vernos. Piense que su visita es vital.

Una breve pausa. —¿A las once menos cuarto?

—O antes.

Otro silencio. —Muy bien. Iré.

—Maravilloso. Es usted la cliente perfecta. Si no fuese tan rica le pediría que se casase conmigo.

—¿Qué dice?

—Nada.

Acto seguido, colgué.

A causa de mis seis horas de sueño no me sentía muy en forma, pero sí importante. Crucé la calzada por Lexington, en dirección al Continental Bank & Trust Company, con el viento invernal a mis espaldas. Pocos son los hombres que han disfrutado de una escolta como la mía en aquellos instantes. El mejor detective privado de ambos lados del océano y dos más tremendamente hábiles. Y si el lector piensa que nos estábamos excediendo en nuestras precauciones, le haré observar: ¿y si yo hubiese tropezado de la manera más inesperada, rompiéndome la crisma?; ¿y si se me hubiese atravesado en el camino cualquier sirena de deslumbrante figura que luego hubiera sido una agente del FBI?... Bueno. A los hombres de dicha organización, de todos modos, no les iría mal un paseo por la ciudad después de tantas horas de forzosa quietud en torno a nuestra casa.

Ya en el banco, bajé las escaleras que conducían a los sótanos. Mi objetivo era nuestra caja de seguridad, en la que deposité los dos carnets. Arriba, mientras me hacían efectivo un cheque por cinco mil dólares para llenar la reserva de dinero metálico de la caja de caudales del despacho de Wolfe, me di cuenta de que ya habían transcurrido nueve días desde mi última visita a la entidad bancaria, donde depositara el cheque de la señora Bruner. En aquellos instantes me había dicho que existía una probabilidad entre un millón de que saliéramos adelante. Ahora, en cambio...

Tuvimos que apretar el paso para estar en la casa de piedra rojiza a las once menos cuarto. Nos encontrábamos en el vestíbulo, despojándonos de nuestros abrigos, cuando vi detenerse enfrente de la puerta el Rolls de la señora Bruner. Fred y Orrie emprendieron la retirada, pero yo me apresuré a llamarlos.

—Señora Bruner —dije—, ¿no le gustaría conocer a tres hombres que, trabajando para usted, viajaron en un camión a lo largo de noventa y cinco kilómetros, metidos en cajas de madera con sus tapas atornilladas? Y éstos son los mismos que anoche apuntaban sus respectivas armas contra un par de agentes del FBI a los que el señor Wolfe, entretanto, decía cosas de fuerte contenido.

—¿Cómo dice?... Pues sí, de verdad que me encantaría conocerlos.

—Ya me lo figuraba. Le presento a los señores Saul Panzer, Fred Durkin y Orrie Cather. Va usted a pasar algún tiempo con el señor Panzer. Si no le importa, dejaré su abrigo en la habitación delantera. Richard Wragg, el jefe del FBI en Nueva York, va a venir y no debe verlo.

Sus ojos se dilataron más, pero la boca de la señora Bruner no se abrió. Decidí casarme con ella a pesar de su fortuna. Al coger su abrigo, Fred y Orrie echaron a andar hacia las escaleras. Iban a la habitación que daba al sur y tenían que impedir que Jarvis y Kirby bajaran, para que no interrumpieran la conversación.

En un extremo del vestíbulo, hacia la cocina, a la izquierda, hay una alcova y en la pared, a la altura de los ojos, hay un agujero. Éste está cubierto por un panel deslizante por la parte de la alcova, y de un cuadro por la parte del despacho, que representa una cascada. Si desde la alcova se abre el panel, se puede ver el despacho de Wolfe a través de la cascada y oír lo que allí se habla.

Conduje a la señora Bruner al lugar mencionado. Nos seguía Saul. Corrí el panel y le enseñé el orificio.

—Ya le he dicho que Wragg va a venir. Permanecerá en el despacho, con el señor Wolfe y conmigo. El señor Panzer le traerá de la cocina un taburete, para que pueda sentarse. Se quedará con usted. Esto puede durar lo mismo diez minutos que dos horas, no sé... No va usted a comprender todo lo que oiga, pero lo que entienda le bastará. Si siente ganas de toser o de estornudar trasládese a la cocina a toda prisa, pero caminando de puntillas. Saul...

Sonó el timbre de la puerta. Lo vi enseguida. Allí estaba. Se había adelantado cinco minutos a la hora concertada. Le dije a Saul que se procurara el taburete y cuando él se dirigía a la cocina, yo echaba a andar por el vestíbulo. Ya en la puerta, volví la cabeza, obtuve un gesto de asentimiento y desapareció. Abrí la puerta.

Richard Wragg era un hombre de cuarenta y cuatro años de edad. Vivía en un apartamento de Brooklyn, con su esposa y dos hijos. Pertenecía al FBI desde hacía quince años. Los detectives estamos enterados de ciertos detalles. Tendría mi estatura. La cara era alargada y su barbilla terminaba en punta. Tres o cuatro años más y sería calvo.

No me tendió la mano. Me dio la espalda al quitarse el abrigo, lo cual quería decir que confiaba algo en mí. Cuando le hice pasar al despacho, invitándole a tomar asiento en el sillón de cuero rojo, miró a su alrededor. Me pareció que se interesaba demasiado por el cuadro de la cascada que colgaba de una de las paredes. Figuraciones mías, quizá... Estaba todavía de pie cuando se oyó el zumbido del ascensor.

Entró Wolfe, y se detuvo a escasa distancia de su mesa para decir: —¿El señor Wragg? Soy Nero Wolfe. Tome asiento.

Los dos hombres se sentaron al mismo tiempo. Wragg se dio cuenta de que se había dejado caer en el borde del sillón, y se deslizó entonces hacia atrás.

Sus miradas se encontraron. Desde mi sitio yo no podía ver bien a Wolfe. La de Wragg, desde luego, era directa, firme.

—Sé quien es usted —manifestó Wragg—, si bien hasta ahora no había tenido la ocasión de hablar con usted.

Wolfe bajó la cabeza.

—Hay senderos que nunca se entrecruzan, normalmente.

—Los nuestros sí, ahora. Supongo que esta conversación está siendo grabada en cinta magnetofónica.

—No. Contamos con el equipo necesario, pero no está en funcionamiento. Lo mejor que podríamos hacer es desentendernos de tales detalles. Durante una semana he vivido convencido de que cuanto se decía en esta casa era escuchado por oídos ajenos. Cabría la posibilidad de que usted llevase encima uno de esos aparatos electrónicos. Podría ser que mi magnetófono estuviese en marcha... aunque, como ya he dicho, no hay nada de eso. Dejemos aparte este tema, pues.

—Nosotros no hemos instalado micrófonos en esta casa.

Los hombros de Wolfe se levantaron unos centímetros,

bajando enseguida. –Prescindamos de eso también, señor Wragg. ¿Deseaba usted verme?

Los dedos de Wragg descansaban sobre los brazos del sillón. No se descubría la menor tensión en su actitud. –No tenemos por qué perder el tiempo haciendo lo que los boxeadores llaman «sombras». Quiero los carnets que usted anoche a la fuerza quitó a dos de mis hombres.

Wolfe mostró a su interlocutor la palma de una mano. Estaba tanto o más tranquilo que él.

–Es usted quien hace «sombras». Retire « a la fuerza». Fueron sus agentes los que recurrieron a ella en primer lugar. Se han metido en mi casa violentamente. Me limité a combatir la fuerza con la fuerza.

–Quiero las credenciales.

–¿Retira usted la expresión «a la fuerza»?

–No. Entiendo que sus actos fueron justificados. Devuélvame los carnets y nos hallaremos en igualdad de condiciones para entablar una conversación de tú a tú.

–¡Vaya! O usted es estúpido o cree que yo lo soy. No tengo la menor intención de enfrentarme con usted en igualdad de condiciones. Ha venido a verme porque yo lo he obligado. Pero, si sólo se propone decir tonterías ya puede marcharse. ¿Quiere que le describa la situación tal como yo la veo?

–Sí.

Wolfe me miró. –Archie, la carta de la señora Bruner contratando mis servicios.

Fui a la caja de caudales, la saqué. Wolfe con un movimiento de cabeza me señaló a Wragg y se la entregué. Me quedé plantado junto a él y cuando la hubo leído extendí una mano. La releyó lentamente y me la alargó sin mirarme siquiera. Me fui a mi mesa y metí la carta en un cajón.

–¡Qué documento, señor Wolfe! –exclamó Wragg–. Si la señora Bruner y sus familiares o asociados han estado siendo vigilados, cosa que todavía no he admitido, sería por alguna medida de seguridad.

Wolfe hizo un gesto afirmativo. –Es lo que ustedes dicen siempre. Se trata de una mentira corriente. Voy a describir la situación planteada. Sus hombres se marcharon anoche dejando en mi poder sus credenciales. No se atrevieron a llamar a la policía para que procediese a su rescate. Sabían perfectamente que si un ciudadano los acusaba del delito de entrar ilegalmente en su casa, las simpatías de la policía de Nueva York y del fiscal del distrito irían al denunciante del delito. Ustedes esto ya lo saben. Está claro, pues, que no darán ningún paso legal para recobrar las credenciales, así que éstas no serán recobradas. Por ahora pienso quedármelas. Le sugiero un intercambio. Usted se compromete a suprimir la vigilancia a la que están sometidos la señora Bruner, sus familiares y asociados, incluida la intervención de los teléfonos, y yo...

–Yo no he autorizado tal vigilancia.

–¡Bah! Será más sencillo replantear la cuestión. Olvidemos el pasado. Digamos que usted se compromete a que a partir de las seis de hoy quede suprimida toda vigilancia ejercida sobre la señora Bruner, sus familiares y asociados, su casa y teléfono. Lo mismo por lo que respecta al señor Godwin y a mí y a esta casa. Yo me comprometo a mi vez a entregarle las credenciales que se encuentran en mi caja de seguridad del banco, renunciando a emprender acciones legales contra sus hombres por haber entrado violentamente en mi hogar, y a no revelar al público lo sucedido. Ésa es la situación y mi ofrecimiento.

–¿Habla usted de compromiso por escrito?

–No. A menos que lo prefiera.

–Nada de eso. Nada por escrito. De acuerdo por lo que a la cuestión de la vigilancia respecta, pero exijo que me devuelva los carnets aquí y ahora.

—No los obtendrá así como así —respondió Wolfe apuntándole con un dedo—. Hágase cargo, señor Wragg. Entregaré las credenciales cuando me lo ordene un tribunal y corresponderé a la demanda de éste utilizando todos los recursos míos y de mi cliente. Usted, quizá...

—Va a decirme que tiene cuatro testigos, ¿no?

—No es necesario, puesto que ya lo ha dicho usted. Añadiré algo más por mi parte. Los jueces y los jurados se muestran en ocasiones, ¿cómo le diría?... volubles. Caprichosamente, pueden dudar de los testigos, de cuatro y hasta de cinco, si me cuento a mí. Usted, en cambio, sería un fatuo si pusiera en tela de juicio mi buena fe. Yo no abrigo el menor deseo de luchar contra su organización. Lo único que me propongo es realizar el trabajo que me han encomendado y por el cual me pagan. Si usted no enoja a mi cliente con su asedio, si se olvida también de mí, las credenciales de sus hombres no me sirven ya de nada, ni los testigos.

Wragg me miró. Pensé que me iba a preguntar algo. Pero no. Yo era simplemente un punto apropiado en el que descansar la vista mientras contestaba a una pregunta que se había formulado a sí mismo. Tardó un rato en hacerlo. Finalmente, volvió a fijar los ojos en Wolfe.

—Se ha olvidado usted de algo —manifestó—. Acaba de decir que su único propósito es realizar el trabajo que le han encomendado, por el cual le pagan. Entonces, ¿por qué ha estado llevando a cabo investigaciones relacionadas con un crimen con el cual nosotros nada tenemos que ver? ¿Por qué Goodwin ha visitado dos veces a la señora Althaus y ha ido también en dos ocasiones al apartamento de Morris, el hijo de ésta? ¿Por qué hizo venir a esas seis personas aquí la noche del jueves pasado?

Wolfe asintió. —Usted cree que uno de sus hombres disparó contra Morris Althaus.

—No. Eso es absurdo.

Nero se mostró insistente. —¡Maldita sea! ¿Es que usted, señor Wragg, no puede hablar con sensatez? ¿Detrás de qué podían haberse lanzado sus agentes al invadir mi casa? Usted sospechaba que yo había descubierto alguna cosa sobre los tres hombres que se escabulleron del apartamento de Morris Althaus la noche en que éste fue asesinado. Y no se equivocaba... Ellos le dijeron que él estaba muerto cuando entraron, pero usted no los creyó. Dudó, por lo menos. Ignoro por qué. Usted los conoce; yo, no. Y usted sospechaba o temía no sólo que me hubiese enterado de su visita al piso, sino también que yo tuviese una prueba de que uno de ellos le hubiese matado. Haga uso del sentido común, señor Wragg, cuando habla.

—Todavía no me ha explicado por qué razón ha llevado a cabo indagaciones con relación a ese homicidio.

—¿No salta a la vista? Por haberme enterado de que sus hombres estuvieron en el apartamento.

—¿Y cómo se enteró de eso?

—Se trata de algo reservado —dijo Wolfe, negando con la cabeza.

—¿Ha estado usted en contacto con el inspector Cramer?

—No. Hace meses que no lo veo, que no cruzo una palabra con él.

—¿Habló con el fiscal del distrito?

—No.

—¿Va usted a proseguir las investigaciones?

Wolfe hizo una mueca.

—¿Sabe usted, señor Wragg? Estoy dispuesto a liberarlo de sus preocupaciones actuales, pero primero debo asegurarme de que he terminado mi trabajo. ¿Ha aceptado mi ofrecimiento? ¿Me promete que a partir de las seis de esta tarde no se ejercerá la menor vigilancia sobre la señora Bruner ni ninguna persona con ella relacionada?

—Sí. Eso está hecho.

—Perfectamente. Ahora debo pedirle que haga algo más. Quiero que vuelva a este despacho cuando yo se lo indique, trayendo la bala que uno de sus hombres cogió del suelo en el apartamento de Morris Althaus.

Probablemente, no era fácil sorprender a individuos como Richard Wragg. No se llega a ocupar un cargo como el suyo en Nueva York, segundo en importancia al similar de Washington, si uno se impresiona fácilmente. Sin embargo, las últimas palabras de Wolfe le habían causado un impacto. Efectivamente, Wragg abrió la boca. Permaneció en aquella actitud dos segundos únicamente, pero ya había mostrado su desconcierto.

—Ahora está diciendo insensateces —señaló.

—Pues se equivoca. Si me trae esa bala que le pido, me hallaré en condiciones de demostrar irrefutablemente que Althaus no fue asesinado por uno de sus agentes.

—Vamos, vamos —la boca de Wragg no estaba abierta ahora, ni mucho menos. Y contemplaba a su interlocutor con los párpados entornados—. De tener yo la bala en mi poder ¿cree que se la entregaría?

Así que la tiene. Wolfe se mostró paciente. —¿Qué sucedió aquella noche en el apartamento de Althaus? Una persona a quien llamaré X —podría ponerle otro nombre más apropiado, pero de momento nos arreglaremos con X— disparó sobre Morris con el arma de éste. La bala atravesó el cuerpo de la víctima, chocó contra la pared y cayó posteriormente al suelo. X se marchó, llevándose el arma en cuestión. Poco después llegaron sus tres hombres, entraron en el piso del mismo modo que lo hicieron en esta casa anoche. ¿He de insistir en los detalles?

—Sí.

—Aquí no tocaron el timbre porque sabían —eso se figuraron ellos— que no había nadie en la vivienda, la cual se hallaba vigilada desde hacía una semana. Tocaron el timbre de la puerta del apartamento de Althaus y, probablemente, lo llamaron por teléfono. No contestó porque ya había muerto. Después de haber registrado la casa y haberse apoderado de lo que andaban buscando, pensaron que usted sospecharía que uno de ellos había matado a Althaus. Como prueba de que no había sido así, se llevaron la bala, encontrada en el suelo. Violaban así una ley en vigor en el estado de Nueva York. Pero, bueno, ¿no habían atentado ya anteriormente contra otra? Una más o una menos... Se llevaron el proyectil, sí, entregándoselo a usted con el informe correspondiente. —Wolfe agitó una mano—. Es posible que al presentarle a usted la bala, sus agentes lograran un efecto contrario al perseguido. En fin, no quiero especular ahora acerca de sus procesos mentales. No voy a analizar por qué motivo no creyó usted en su inocencia. Usted tiene que conocer a sus hombres mejor que yo, naturalmente. Pero, desde luego, la bala obra en su poder y yo voy a necesitarla, señor Wragg.

Los párpados de Wragg no se entreabrieron ni un milímetro. —Mire, Wolfe... Nos ha atrapado una vez. Bien. Eso no volverá a repetirse. Si yo tuviese la bala me cuidaría mucho de ponerla en sus manos. ¿Cómo iba a ser tan zoquete?

—Será usted un zoquete si no procede tal como le estoy diciendo. —En el rostro de Wolfe se dibujó una mueca. Como todo el mundo, Wolfe tiene sus latiguillos, sus palabras favoritas... y «zoquete» no figura normalmente en su repertorio—. Estoy interesado en este problema porque he de cumplir con una obligación —la que he contraído con la persona que me hizo saber que sus hombres se habían presentado en el apartamento de Althaus la noche de su muerte—, y a mí me desagradan profundamente las obligaciones. La deuda quedará cancelada entregando al asesino a la justicia e, incidentalmente, usted se sentirá aliviado. ¿No le gustaría acaso dejar bien sentado que Althaus no fue asesinado por uno de sus hombres? Tráigame esa bala y convertiré su deseo en realidad. Voy a hacerle otra oferta: entréguemela y si sus agentes no quedan totalmente libres en el plazo de un mes por el desenmascaramiento del asesino, le daré las credenciales. No voy a necesitar el mes; ni siquiera una semana.

Wragg abrió los ojos. —¿Me devolverá usted las credenciales?

—Sí.

—¿Cómo va a lograr su propósito?

—Desenmascarando al criminal. Diciéndole a usted, por lo menos, lo necesario para que se convenza de que sus hombres son inocentes. Vamos, que no cometieron ese crimen.

—Me ha hecho una oferta. ¿Qué garantías me da de que va a cumplir lo prometido?

—Tiene usted mi palabra.

—¿Qué vale su palabra?

—Más que la suya. Mucho más, si hemos de creer todo lo que en este libro se dice. Nadie en este mundo puede decir que he faltado a mi palabra.

Wragg se desentendió de aquel ataque. —¿Cuándo desea que le entregue la bala... si es que efectivamente la tengo?

—Es probable que hoy mismo, un poco más tarde. O mañana. Quiero que me la dé personalmente.

—Siempre que obre en mi poder —Wragg se puso de pie—. He de pensármelo. No le prometo nada. Yo...

—Recuérdelo: ha de cesar la vigilancia sobre mi cliente y esta casa.

—Sí. Bueno, quiero decir... Usted ya sabe lo que quiero decir. —Wragg echó a andar, deteniéndose enseguida para volver la cabeza—. ¿Se quedará aquí todo el día?

—Sí. Si quiere telefonear, le advierto que nuestra línea se halla intervenida.

El hombre no pensó que aquello resultaba chocante. Creo que era una de esas personas que no encuentran nada divertido. Mientras lo seguía al vestíbulo y sostenía su gabán y le tendía el sombrero, me ignoró a propósito. Nada más cerrar la puerta a su espalda, vi que nuestra cliente se introducía en el despacho. Saul le pisaba los talones. Decidí no casarme con ella. En aquella ocasión debía haberme esperado para que le sirviese de escolta.

En el despacho me encontré con todo un cuadro. La señora Bruner y Saul se habían colocado cada uno a un lado de Wolfe, quien permanecía recostado en su sillón, con los ojos cerrados. La escena era curiosa y yo me detuve en la puerta para saborearla a placer. Medio minuto. Un minuto. Ya estaba bien, puesto que ella tenía cosas que hacer. Me acerqué a ellos y pregunté: —¿Pudo oírlo todo bien, señora Bruner?

Wolfe abrió los ojos.

Sin contestarme, la mujer dijo: —Es usted un hombre extraordinario. Verdaderamente extraordinario. La verdad es que no pensé que fuese capaz de hacerlo. ¿Hay algo imposible para usted?

Wolfe se irguió en su asiento. —Sí, señora. Lo hay. Jamás podré poner un poco de sentido común dentro del cerebro de un necio. Lo he intentado, sin embargo. Podría mencionar otros casos similares. Ahora comprenderá por qué era necesaria su presencia. En su carta se especificaba: «...y si llega a obtener los resultados que yo deseo». ¿Se da usted por satisfecha?

—Naturalmente que me doy por satisfecha. ¡Esto es increíble!

—A mí mismo, créame, me parece extraño haberme salido con la mía. Por favor, siéntese. He de decirle algo.

—Ya me lo figuro.

La señora Bruner ocupó el sillón. Saul se sentó en una silla y yo me acomodé detrás de mi mesa.

—¿Cuál fue la trampa que montó usted? —quiso saber ella.

Wolfe movió la cabeza a un lado y a otro. —No se trata de eso. Tales detalles se los daré a conocer más tarde. El señor Goodwin, por otro lado, podrá satisfacer su curiosidad cuando lo desee. He de comunicarle no lo que se ha hecho, sino lo que va a hacerse. Es usted mi cliente y debo protegerla. ¿Hasta dónde alcanza su discreción?

Ella frunció el ceño. —¿Por qué he de contestar a esa pregunta?

—Contéstela sin más, por favor. ¿Hasta qué punto es usted discreta? ¿Puede confiársele un secreto?

—Sí.

Wolfe me miró. —¿Archie?

¡Vaya! Tenía que ser yo quien se colocara en un aprieto. Bueno, ¿qué pasaría ahora si cambiara nuevamente de opinión decidiendo casarme con ella?

—Creo que sé hacia dónde quiere ir.

—Claro que lo sabe. —Wolfe miró a la señora Bruner—. Pretendo evitarle un mal trance. Es probable que la policía se presente en su despacho. Irá en busca de su secretaria, para interrogarla en relación con un crimen que ella probablemente ha cometido.

Wolfe había desconcertado a Wragg, y ahora asombró a nuestra cliente. No abrió la boca, sólo se quedó mirando, sin habla.

—Probablemente, dije —insistió Wolfe—. Pero es casi seguro. Víctima de ese crimen fue Morris Althaus. El señor Goodwin le facilitará también los detalles de este hecho. Ahora vamos a pasarlos por alto. Los dejaremos para cuando la situación se haya resuelto. Por mi parte, hubiera preferido incluso silenciar el episodio. Ya lo he dicho: a fin de cuentas es usted mi cliente y debo protegerla. Deseo hacerle una sugerencia.

—No puedo creerlo. Deseo conocer todos los detalles posibles ahora mismo.

—Pues no pienso facilitárselos —Wolfe se mostró seco—. He pasado una semana de prueba, con sus días y sus noches. Si usted me hace difícil esta conversación, acabaré abandonando el despacho. Usted saldrá de esta casa, seguramente, para ir en busca de la señorita Dacos y querrá que conteste a unas preguntas. La joven se sentirá alarmada y huirá... Cuando la policía logre localizarla la someterán a un interrogatorio en regla, igual que a usted. Serán preguntas corteses, ciertamente, pero en gran cantidad. ¿Le gusta tal perspectiva?

—No.

—Entonces, le haré una sugerencia —Wolfe echó un vistazo al reloj de pared. Eran las doce y cinco minutos—. ¿A qué hora come la señorita Dacos?

—Depende. Come allí, en el salón donde se desayuna, alrededor de la una.

—El señor Panzer la acompañará. Dígale que ha decidido decorar de nuevo el despacho, que lo va a pintar, a plastificar... algo por el estilo. Añada que no va a necesitarla más por esta semana. El señor Panzer iniciará inmediatamente los preparativos. La señorita Dacos, su secretaria, será detenida, pero no en casa de usted. No quiero que un asesino sea detenido en casa de mi cliente. ¿Ha comprendido, señora?

—Sí.

—¿Verdad que se llevaría una desagradable sorpresa si, cuando menos lo esperara, se presentase en su despacho la policía con el propósito de llevarse detenida a su secretaria?

—En efecto.

—Pues déme las gracias por evitarle una ingrata escena. Ya veo que no está usted de humor, que no se siente precisamente en una disposición idónea para agradecer nada. ¿Quiere que el señor Panzer la acompañe en su coche o prefiere reunirse con él después? Podrían cambiar impresiones por el camino. El señor Panzer no es ningún necio, por cierto.

La señora Bruner fijó su mirada en mí y luego en el rostro de Wolfe, alternativamente. –¿No podría venir el señor Goodwin?

Saul no oyó esto. No cambié mi decisión acerca de casarme con ella, porque prefiero cortejar a ser cortejado, pero me sentí halagado.

Wolfe respondió con una negativa. El señor Goodwin tenía algunas cosas que hacer todavía. La pobre mujer tuvo que arreglárselas con Saul.

Éste fue a buscar su abrigo y la ayudó a ponérselo. Admito que en aquellos instantes sentí una especie de punzada dentro de mí. Cuando estuviesen a la altura de la calle Setenta y Cuatro la señora Bruner comenzaría a apreciar a su acompañante. No queriendo que me mirasen como a un intruso, me abstuve de pasar al vestíbulo con ellos.

Cuando oímos el golpe de la puerta al cerrarse, Wolfe inclinó la cabeza a un lado, diciéndome: –Diga usted algo.

–¿Y qué quiere que le diga? ¿Algún camelo, quizá? Un tipo que yo conozco, llamado Birnbaum, recurre a ellos cuando pretende demostrar que no tiene prejuicios.

–Muy satisfactorio todo, Goodwin.

–De acuerdo.

–Nuestro teléfono se halla todavía intervenido. ¿Verá usted al señor Cramer antes de la comida del mediodía?

–Será mejor que lo vea después. Se encontrará de mejor humor entonces. Obtener la orden de arresto será cosa de una hora, poco más o poco menos.

–Muy bien. Sin embargo, no... ¿Qué hay, Fred?

Fred Durkin, en la puerta del despacho, anunció: –Esa gente quiere el desayuno.

14

El despacho del inspector que está al frente de la Brigada de Investigación Criminal de la zona sur, en la calle Veinte Oeste, no es, en realidad, una ruina, pero tampoco podría figurar en una exposición. El suelo de linóleo está desgastado; la mesa de Cramer merecería que la puliesen. Yo nunca había llegado a ver allí las ventanas limpias, y las sillas —todas, con la excepción de la del inspector— eran sencillas, de madera dura.

En el instante de dejarme caer en una de ellas, cosa que ocurría a las dos y treinta y cinco minutos, Cramer me dijo secamente: —Le indiqué a usted que era mejor que no viniera por aquí y que no telefoneara.

Contesté que sí con la cabeza varias veces, aclarando: —Ahora ya no hay inconveniente alguno en que nos veamos. El señor Wolfe...

—A ver, a ver...

—El señor Wolfe se ha ganado los cien mil dólares más los honorarios que se fijen.

—No me lo creo. ¿Quiere usted darme a entender que ha logrado que el FBI dejara en paz a la señora Bruner?

—Sí. Pero nosotros no hemos cumplimentado su encargo. Nosotros...

—Yo no encargué nada.

—Bien. Hemos averiguado que no fue un agente secreto federal el autor de la muerte de Morris Althaus. Creemos haber descubierto al culpable. Sabemos también cómo puede ser demostrado lo que afirmamos. No voy a explicarle ahora de qué procedimiento nos valimos para apretarles las tuercas a los del FBI. No he venido aquí por eso. El señor Wolfe pasará un buen rato contándoselo más adelante, cuando usted lo crea oportuno y estoy seguro de que disfrutará bastante con su relato. Es una de las jugarretas más memorables de su carrera y dio resultado. Aquí he venido a hablar de un homicidio.

—Pues hable.

Metí la mano derecha en uno de los bolsillos interiores de la americana, del que extraje una cosa y se la di.

—Dudo que haya visto esto antes de ahora. Uno o varios de sus hombres, sin embargo, han tenido esta foto en sus manos. Se hallaba en un cajón, dentro del dormitorio de Althaus. Su madre me dio las llaves del apartamento, de manera que no podrá usted acusarme de haber entrado ilegalmente en una vivienda privada. Fíjese en el reverso.

Cramer dio la vuelta a la cartulina y leyó la poesía.

—Estos cuatro versos han sido escritos imitando a Keats, en su poema «Oda a una urna griega». La imitación es bastante inteligente. La escritura es de la señorita Sarah Dacos, la secretaria de la señora Bruner, quien vive en el número 63 de la calle Arbor, segundo piso, debajo del apartamento de Morris Althaus. Lo sé porque la señora Bruner me procuró textos redactados por su secretaria. Aquí los tiene —extraje de otro bolsillo unos papeles, que puse en las manos de mi interlocutor—. A propósito, vio a tres agentes federales en el instante en que abandonaban la casa. Desde su ventana. Recuérdelo cuando se ponga manos a la obra en este caso.

—¿Y cuál va a ser mi punto de partida? ¿Esto? —preguntó Cramer tocando con un gesto de impaciencia la fotografía.

—No. Mi objetivo principal al venir aquí era el deseo de hacer una apuesta con usted. Un dólar contra cincuenta a que si usted consigue una orden de registro y lleva a cabo una minuciosa inspección del apartamento de la joven logrará hacerse con algo que ha de tener en mucha consideración. Cuanto antes mejor, inspector Cramer. Eso es todo por ahora —añadí poniéndome de pie.

—¿Qué quiere decir con «todo»? —El color rojo de la cara del policía se había intensificado—. Siéntese. ¿Qué es lo que vamos a encontrar? ¿Cuándo lo puso usted allí?

—Escuche, inspector, como ya sabe, cuando trata conmigo es como si estuviese tratando con el señor Wolfe. Le consta, además, que yo siempre me atengo a las instrucciones que me dan. De momento, he terminado. No pienso pronunciar una sola palabra más. Perderá su tiempo si empieza a chillar. Hágase con la orden de registro y utilícela. Si encuentra algo en el apartamento, el señor Wolfe tendrá mucho gusto en conversar con usted sobre su hallazgo.

—Primeramente, hablaremos nosotros dos. Va usted a quedarse aquí.

—No me quedaré. A menos que sea detenido, claro —me dolía aquello, de verdad—. Por el amor de Dios, Cramer, ¿qué quiere más? Lleva casi dos meses intentando resolver el caso... ¡Piense que nosotros se lo hemos servido en bandeja en una semana!

Di la vuelta, saliendo del despacho. Me dije que alguien me pararía, allí o en la planta baja, nada más salir del ascensor. Pero el gigante que estaba de guardia en el vestíbulo, que me conocía de vista, se limitó a saludarme con un perezoso movimiento de cabeza, no muy cordial, pero sí casi humano.

No me entretuve ni un momento.

Crucé la Sexta Avenida y me dirigí hacia el sur. Todo se hallaba en orden en la casa de piedra rojiza. Ashley Jarvis y Dale Kirby, ya sobrios, habían hecho los honores a un copioso desayuno, tras el cual, habiendo cobrado cada uno sus mil dólares, tal como se había pactado, se marcharon. Fred y Orrie habían percibido trescientos dólares cada uno correspondientes a sus dos días con sus noches de trabajo, y también se habían ido. Saul se encontraba en el despacho de la señora Bruner, dispuesto a tomar las medidas necesarias para pintar o decorar lo que fuese, a gusto de nuestra cliente. Wolfe, desde luego, tenía que estar leyendo algún libro, aunque no *El FBI que nadie conoce*, entre otras cosas porque ya lo conocía. A las cuatro subiría a sus invernaderos, volviendo así a la rutina cotidiana. Puesto que no tengo la costumbre de dormir la siesta, ni siquiera cuando ando falto de sueño, pensé que lo mejor era que diera un paseo. Eso hice.

Me detuve frente al número 63 de la calle Arbor. Llevaba encima las llaves. Me metí en la entrada y subí hasta el apartamento que había sido de Morris Althaus. Incluyo esto en el presente relato no por el hecho de que el episodio cambiara algo, sino porque recuerdo perfectamente cuál era mi actitud mental.

Habían transcurrido cincuenta y tres horas desde el instante en que yo escondiera el arma entre los muelles del diván. Es decir, había pasado un período de tiempo más que suficiente para que una muchacha inteligente pudiera descubrir una docena de pistolas y, a continuación, guardarlas en cualquier parte. Si el arma no estaba en su sitio, Wolfe y yo nos habríamos delatado, puesto que yo había hablado ya con Cramer. Éste sabía muy bien que Wolfe no me habría enviado a verle de abrigar tan sólo una sospecha, de haber tenido únicamente una corazonada. Le constaba que los dos estábamos seguros de que en aquel apartamento había algo importante y si la desaparición del arma era un hecho, nosotros nos pondríamos en evidencia. Podía pensar que yo había jugado con una prueba decisiva, si le hubiese hablado concretamente de la pistola; silenciando su existencia me exponía a cosas peores, y entonces ¡adiós a nuestras licencias de detectives privados!

Es posible que el lector no sienta el menor interés por mi actitud mental. No era ése mi caso en aquellos momentos, de verdad. Delante de una de las ventanas del apartamento de Althaus, eché a un lado la cortina, apoyando la frente en el cristal, de forma que pudiera ver la acera, a mis pies. Eso fue una torpeza. Perfectamente. Hay disposiciones de ánimo que le llevan a uno a cometer las tonterías más grandes. Eran las tres y veinticinco minutos. Hacía solamente treinta y cinco que me había separado de Cramer. Éste tardaría una hora, aproximadamente, en conseguir la orden de registro. Así pues, ¿qué era lo que esperaba ver allí? El cristal estaba muy frío y aparté la frente unos centímetros. Pero me encontraba nervioso y volvía a apoyarla una y otra vez.

Al cabo de un rato de espera distinguí a alguien.

Sarah Dacos apareció en la acera. Llevaba debajo del brazo una gran bolsa de papel color marrón. Se dirigió hacia la entrada del edificio. Faltaban entonces diez minutos para las cuatro. La visión de la figura de la joven no me sirvió precisamente de alivio. Nada tenía yo contra Sarah Dacos. Desde luego, tampoco abrigaba un sentimiento a su favor. Una mujer capaz de atravesar el pecho de un hombre con una bala puede o no puede merecer ninguna simpatía. Lo que no puede esperar es que un desconocido cambie de rumbo si ella se interpone en su camino cuando él está llevando a cabo un trabajo.

Aguzando el oído percibí el ruido de la puerta de su piso al abrirse y cerrarse.

A las cuatro y cuarto dos coches de la policía se detuvieron delante del edificio. Reconocí a tres agentes de la Brigada de Investigación Criminal que se dirigieron enseguida a la entrada que llevaba el número 63. Uno de ellos, el sargento Purley Stebbins, estaba pensando en mí, probablemente, en el instante de apretar el botón del timbre. No hay nada que le siente peor que vernos a Wolfe y a mí trabajando en el mismo caso que ellos. Y el hombre estaba allí en virtud de una intervención de la que nosotros éramos responsables. Me habría gustado salir al pasillo para escuchar la conversación con Sarah Dacos cuando le mostrara la orden de registro. Me abstuve de proceder así, sin embargo. El sargento podía advertir mi presencia y el incidente retrasaría la gestión.

No necesitaron más de diez minutos para encontrar el arma. Los policías penetraron en el apartamento a las cuatro y veintiún minutos. A esta hora oí el ruido de la puerta al cerrarse. Purley dejó la casa con ella a las cuatro y cuarenta y tres. Le doy doce minutos para hacerle unas cuantas preguntas a la chica tras el hallazgo. Desde la ventana los vi subir a uno de los automóviles. El coche arrancó y yo me alejé de mi observatorio y me senté en el diván. Como se la habían llevado, la pregunta acerca del arma quedó contestada. Permanecí sentado durante unos minutos, mientras ajustaba mi actitud mental a la realidad.

Cogí sombrero y abrigo y salí de allí. Delante de la casa todavía quedaba un coche de la policía neoyorquina. Esperaba a los dos agentes que se encontraban aún en el apartamento. Quizá me conociera el conductor del vehículo. Bueno, ¿y qué? Yo no había llegado a identificarlo desde la ventana. Al deslizarme junto al automóvil me miró atentamente. Tal vez sólo porque había salido de aquel edificio.

Me dirigí a casa. Eran poco más de las cinco y media cuando entraba en ella. Ya había oscurecido. Penetré en la cocina, donde me bebí un vaso de leche. Le pregunté a Fritz:
—¿Te ha dicho que hemos dejado de ser vigilados?

—No.

Fritz inspeccionaba atentamente unas zanahorias.

—Pues es una realidad. Ya puedes decir lo que se te antoje por teléfono. Ya estás en condiciones de reanudar tus contactos con las amiguitas de siempre. Si alguna persona desconocida se dirige a ti, procede como gustes. ¿Quieres que te dé un consejo?

—Sí.

—Pídele aumento de sueldo. Es lo que yo voy a hacer. A propósito, no te he preguntado por la cena de anoche. ¿Quedó satisfecha esa gente?

Fritz me miró atentamente. —Es mejor que no aludamos a esa jornada... Fue terrible. ¡*Épouvantable*! Mentalmente, estaba aquí con ustedes. No sé lo que les hice; ignoro qué se les sirvió. Me gustaría olvidar el episodio, si eso fuese posible.

—Hewitt nos contó por teléfono que terminaron poniéndose de pie para obsequiarte con unos cálidos aplausos.

—Ciertamente. Todos se mostraron muy corteses. Pero me consta que no puse trufas en la *périgourdine*.

—¡Dios santo! ¿Qué dices? Me alegra mucho no haber estado allí. De acuerdo. Olvidaremos el episodio. ¿Puedo coger una zanahoria? Con la leche resultan riquísimas.

Fritz asintió y yo me serví a gusto.

Me encontraba frente a mi mesa de trabajo, extendiendo cheques para pagar unas facturas cuando Wolfe bajó, procedente del invernadero. Aunque no me lo había dicho, yo sabía que había pasado unas cuantas horas desasosegado y mientras se sentaba, levanté la cabeza para decirle: —Tranquilícese. Los policías dieron con el arma.

—¿Cómo te has enterado de eso?

Se lo expliqué, empezando por mi conversación con Cramer y acabando con las palabras que intercambiara con Fritz. Me preguntó si me habían facilitado un recibo a cambio de la fotografía.

—No. Cramer no estaba en condiciones de firmar recibos. Le dije que Morris Althaus no había sido asesinado por ningún agente federal y eso es algo que tenía que dolerle.

—Indudablemente. ¿Estará ahora Wragg en su despacho?

—Posiblemente.

—Llámale entonces.

Me volví para coger el teléfono. Apenas había empezado a marcar el número de Wragg cuando sonó el timbre de la puerta. Colgué el aparato y me trasladé al vestíbulo para echar un vistazo.

—Ya puede usted pedirle el recibo, señor Wolfe —dije volviendo el rostro hacia el despacho.

Wolfe hizo una inspiración profunda. —¿Ha venido solo?

Contesté afirmativamente y procedí a abrir la puerta. No. Cramer no me traía ningún cartón de leche. Ni siquiera un leve movimiento de cabeza, a modo de saludo. Nada más poner en mis manos su abrigo se dirigió hacia el despacho.

Al entrar yo en éste, lo vi sentado en el sillón rojo. Hablaba... Oí el final de su discurso: —...y yo hubiera debido saber mejor a qué atenerme. Dios sabe que es así. —Su mirada se posó en mí al tomar yo asiento—. ¿De dónde sacó usted el arma y cuándo la colocó allí?

—¡Maldita sea! —gruñó Wolfe—. No debiera haber venido por aquí todavía. Hubiera debido esperar... Llame al señor Wragg, Archie.

Cuando Cramer está irritado no es fácil contenerlo. Éste fue, sin embargo, el milagro que obró el apellido de Wragg. No lo vi apretar las mandíbulas mirando centelleante a Wolfe. Como le daba la espalda, supuse que había adoptado tal actitud. Marqué el LE 5-7700. Me imaginé que debería tener paciencia para ponerme al habla con las altas esferas. Nada de eso. Por lo visto, Wragg había mandado conceder derecho de prioridad a las llamadas de Nero Wolfe. Buena señal. A los pocos segundos escuchaba la voz ya conocida de Wragg y también Wolfe, que había descolgado su teléfono. Seguí con atención el diálogo.

—¿Wolfe?

—Sí. ¿El señor Wragg?

—Al habla.

—Espero recibir la bala de que hablamos. Ahora. De acuerdo con lo convenido. Traiga su bala y yo le entregaré las credenciales en el plazo de un mes si no se da por satisfecho. Creo que las tendrá antes, mucho antes.

No hubo vacilación.

—Voy para allá.

—¿Ahora mismo?

—Sí.

Cuando colgamos, Wolfe me preguntó: —¿Cuánto puede tardar?

Contesté que veinte minutos o menos, puesto que Wragg no tenía que echarse a la calle en busca de un taxi. Mi jefe se volvió hacia Cramer.

—Dentro de veinte minutos se presentará en este despacho el señor Wragg. Le sugiero...

—¿Wragg... del FBI?

—Sí. Le sugiero que aplace su violento ataque hasta el momento de su llegada. Entretanto, describiré una operación que ha llegado a su término. Le dije al señor Wragg que no hablaría de ello en público. Pero usted no es el público y dada su ayuda le debo eso. Para tratar con él, sin embargo, no me irá mal que conteste a un par de preguntas. ¿Fue hallada alguna arma en el apartamento de la señorita Dacos?

—Claro que sí. Le he preguntado a Goodwin cuándo la puso allí. Por cierto todavía no me ha respondido.

—Después, después... Una vez hayamos terminado con el señor Wragg. ¿Era ésa el arma cuyas características se detallaban en el permiso que poseía Morris Althaus?

—Sí.

—Tal hecho simplificará muchísimo las cosas. Vayamos ahora a la operación a la que he aludido...

Wolfe la describió. Y sus relatos o informes son casi tan buenos como los míos... Incluso mejores, si gustan las frases largas. No había por qué dejar de mencionar el apellido Hewitt, ya que el FBI conocía todos los detalles, que Wolfe tampoco dejó de omitir. Cuando llegó a la escena del despacho, con los dos agentes federales rodeados de armas, mientras él dejaba caer en el fondo de un cajón las credenciales, vi algo que yo no había visto nunca, algo que, probablemente, no volveré a ver jamás: una franca sonrisa en la cara del inspector Cramer. Sonrisa que prodigó al explicarle Wolfe su conversación con Wragg por la mañana, en el transcurso de la cual había llegado a decirle al agente federal que la palabra de Nero Wolfe valía más que la suya. Estaba pensando que Cramer, de puro contento, acabaría levantándose para darle unas palmaditas cariñosas en la espalda cuando sonó el timbre de la puerta.

Antes ya avancé que Wragg se quedó enormemente sorprendido cuando Wolfe le pidió que le llevara la bala homicida. Bien. Su asombro de entonces no fue nada comparado con el que experimentó al entrar en el despacho y ver a Cramer. Yo me hallaba a su espalda y no podía, por tanto, observar su rostro, pero descubrí que se ponía rígido y apretaba los puños. Cramer, de pie, adelantó la mano derecha... Pero inmediatamente la retiró.

Mientras le acercaba una silla a Wragg, éste se dirigió a Wolfe: —¿Su palabra mejor que la mía? ¡Eso es una infamia!

—Tome asiento —replicó Wolfe, pacientemente—. No sé si mi palabra será mejor o no, pero mi cerebro sí lo es. Antes de juzgar una situación pretendo comprenderla. El señor Cramer...

—Cualquier acuerdo queda anulado.

—¡Bobadas! Yo no lo considero un necio, Wragg. El señor Cramer lamenta haber llegado a suponer que uno de sus agentes pudiera convertirse en un asesino. Si usted se sienta, y no dice más estupideces, es posible que el propio señor Cramer le dé una explicación.

—Eso ya lo veremos —farfulló Cramer, volviendo la cabeza, como si hubiese querido asegurarse de que todo continuaba en el mismo sitio—. Quien retiene una información...

Wolfe replicó, ásperamente: —Por ahí no vamos bien, caballeros. Si ustedes desean reñir, háganlo, pero no en mi despacho. Yo quiero resolver una situación y no enmarañarla. Adopte un tono más comedido, señor Wragg. Si se sienta, mejor, ¿no?

—Resolverla... ¿cómo?

—Siéntese y se lo explicaré.

Se negaba a obedecer. Wragg miró a Cramer. Luego, sus ojos se posaron en mí. Parecía un general inspeccionando el campo de batalla, preocupado por sus flancos. Lo hizo a disgusto, pero al final se sentó.

Wolfe le mostró las palmas de sus manos en un expresivo gesto. —En realidad, la situación no es nada complicada. Todos queremos lo mismo. Yo aspiro a desembarazarme de una obligación. Usted, señor Wragg, pretende que quede bien claro la inocencia de sus hombres en cuanto al crimen. Usted, señor Cramer, desea identificar y detener a la persona que asesinó a Morris Althaus. La solución no puede ser más sencilla. Usted, señor Wragg, va a dar al señor Cramer la bala que lleva en el bolsillo, informándole convenientemente de su procedencia. Usted, señor Cramer, comparará el proyectil con el correspondiente al arma encontrada en el apartamento de Sarah Dacos. Este trámite, unido a la prueba que, indudablemente, sus hombres están ahora mismo consiguiendo, lo dejará todo solventado. No hay que...

—Yo no he dicho que llevara una bala encima.

—Vamos, señor Wragg, le aconsejo que sea razonable. El señor Cramer tiene buenos motivos para suponer que usted conserva una pieza esencial, como prueba relativa a un homicidio cometido dentro de su jurisdicción. De acuerdo con las leyes vigentes en la actualidad en el estado de Nueva York, él puede registrarle, aquí, ahora mismo, para hacerse con dicha prueba. ¿Es correcta mi apreciación, señor Cramer?

—Sí.

—Sin embargo —añadió Wolfe, dirigiéndose a Wragg—, no habrá necesidad de dar ese paso. Usted es un hombre inteligente. Evidentemente, al entregar al señor Cramer la bala no hará más que defender sus intereses y los de su organización.

—Ni hablar. Y luego ¿qué? Uno de mis hombres sube al estrado de los testigos y declara bajo juramento que estuvo en ese apartamento, donde cogió el proyectil con que se cometió el crimen. Imposible.

Wolfe movió la cabeza. —No. Le aseguro que no irán así las cosas. Usted da al señor Cramer su palabra de honor, aquí, en privado, de cuál es la procedencia de la bala y entonces uno de sus hombres sube al estrado de los testigos para declarar que la encontró en el apartamento. De esta manera...

—Mis agentes no cometen perjurio —manifestó Cramer.

—Bueno, bueno. Esta conversación no está siendo registrada en cinta magnetofónica, señores. Si el señor Wragg le entrega a usted, Cramer, una bala y afirma que fue hallada en el suelo, dentro del apartamento de Morris Althaus, alrededor de las once de la noche del viernes, día veinte de noviembre, ¿le creerá?

—Sí.

—Pues mantenga su postura para el público que sepa apreciarla. Éste que tiene delante no es lo bastante ingenuo.

—Es posible que no todo sea una postura —intervino Wragg—. Es posible que suba al estrado de los testigos él mismo para explicar cómo se hizo con la bala. A renglón seguido sería llamado yo.

Wolfe hizo un gesto afirmativo. —Cierto. Cabe esa posibilidad. Pero le prometo que las cosas no van a desarrollarse de ese modo. En absoluto. Si Cramer provocase tal situación, también yo subiría al estrado, y el señor Goodwin... ¿Qué pasaría entonces? Pues que todo el mundo se enteraría de que el asesinato ha sido aclarado tras ocho largas e inútiles semanas de tentativas realizadas por la policía y el fiscal del distrito. No. Cramer no reaccionará así.

—Me la ha jugado usted, Wolfe —rugió Cramer—. Los dos.

Wolfe echó un vistazo al reloj. —Caballeros, yo como a una hora fija y Fritz me regañará si no cumplo con mi deber nutritivo. He dicho, por otro lado, todo lo que tenía que decir, y he cumplido con mi obligación. ¿Quieren dejar definitivamente arreglado el problema y pasar a otra cosa o insisten, con terquedad, en mantenerlo en pie?

Wragg miró a Cramer. —¿Ve usted algo malo o inconveniente en ello?

El policía y el agente federal se observaron mutuamente.

—No —respondió Cramer.

—¿Tiene usted el arma?

—Sí.

Wragg metió la mano derecha en un bolsillo de su americana, extrayendo del mismo un pequeño frasco de plástico. Se levantó, dando un paso. —Esta bala fue encontrada en el suelo del apartamento de Morris Althaus, en el salón, alrededor de las once de la noche del viernes veinte de noviembre. Ya es suya. No la he visto nunca.

Cramer también se puso de pie. Quitó el tapón del frasco e hizo caer el proyectil en la palma de su mano. Procedió a inspeccionarlo detenidamente y volvió a meterlo en el menudo recipiente.

—Tiene usted mucha razón al afirmar que esta bala es mía —murmuró.

15

TRES NOCHES DESPUÉS, el lunes, alrededor de las siete, Wolfe y yo nos encontrábamos en el despacho, discutiendo cierto punto relativo al detalle de los gastos que habíamos de facturar a la señora Bruner. Admito que era un punto de menor importancia, pero se trataba en realidad de una cuestión de principios. Él afirmaba que lo justo era incluir el almuerzo del Rusterman, basándose en que allí comíamos considerando los servicios que él había hecho y continuaba haciendo al restaurante. Allí, pues, no había nada gratis. Yo me oponía a sus argumentos alegando que los servicios de otros tiempos ya pertenecían al pasado y que los que vinieran después los efectuaríamos igualmente, incluso si ella y yo hubiésemos comido en una cafetería.

—Me doy cuenta —dije— de que está en contra de ello. Incluso si amplía los honorarios hasta el máximo, digamos que en otros cien mil dólares, no dispondrá todavía de lo necesario para tirar alegremente todo el año. Para el Día del Trabajo o a más tardar para el Día de Acción de Gracias se verá obligado a hacerse cargo de cualquier caso criminal. Desde luego, convengo en que hay que hacerse hasta con el último centavo, pero tenga en cuenta que la señora Bruner ha sido una cliente maravillosa. Por eso es preciso tener alguna consideración con ella, lo que significaría indirectamente, tenerla conmigo, por si me decido a casarme con ella. Aparte de éste, se enfrenta con muchos otros gastos, a los que hay que añadir otro nuevo: va a contratar los servicios de un abogado de gran categoría, que defenderá a Sarah Dacos ante el tribunal que ha de juzgarla. Demuéstreme que tiene un buen corazón.

—Como ya sabes, Sarah Dacos ha confesado.

—Razón de más para contratar a un buen abogado. Volviendo al asunto de antes, yo la invité a almorzar. Si lo ponemos en los gastos, creo que deberé decirle privadamente que no lo hemos pagado. En este caso...

Sonó el timbre de la puerta. Me levanté y me dirigí al vestíbulo. Desde la mirilla vi a una persona con la que no había hablado nunca, pero cuya fotografía ha aparecido un sinfín de veces en los periódicos. Retrocedí, anunciando: —Vaya, vaya. Un pez gordo nos visita.

Wolfe frunció el ceño, lo entendió e hizo algo que no hace nunca. Se levantó y se puso a mi lado para mirar. El visitante apoyó un dedo en el botón del timbre y éste sonó de nuevo.

—No tiene cita concertada, ¿verdad? ¿Lo llevo a la sala de espera y que aguarde un ratito?

—No. No tengo nada que decirle. Déjele apretar ese botón hasta que le duela el dedo.

Nero Wolfe regresó a su mesa.

Entré en el despacho.

—Es probable que haya venido aquí desde Washington con el exclusivo propósito de verle a usted. ¡Qué honor!

—¡Bueno, bueno! Acércate, a ver si acabamos con esto.

Volví a sentarme en mi sillón.

—Como le decía, quizá ponga en su conocimiento, en privado...

El timbre de la puerta volvió a sonar.